A obra-prima do teu corpo

CB077068

Antônio Carlos Resende

A obra-prima do teu corpo

L&PM EDITORES

Capa: Ivan Pinheiro Machado
Revisão: Bianca Pasqualini e Jó Saldanha

R467o Resende, Antônio Carlos, 1929-
A obra-prima do teu corpo / Antônio Carlos Resende. Porto Alegre: L&PM Editores, 2007.
120 p. ; 21 cm.
ISBN 978-85-254-1699-5
1.Literatura brasileira-Romances. I.Título.

CDU 821.134.3(81)-3

Catalogação elaborada por Izabel A. Merlo, CRB 10/329

© Antônio Carlos Resende, 2007

Todos os direitos desta edição reservados a L&PM Editores
Rua Comendador Coruja 314, loja 9 – Floresta – 90220-180
Porto Alegre – RS – Brasil / Fone: 51.3225.5777 – Fax: 51.3221-5380

Pedidos & Depto. comercial: vendas@lpm.com.br
Fale conosco: info@lpm.com.br
www.lpm.com.br

Impresso no Brasil
Primavera de 2007

A Paulo Hecker Filho (1926-2005)
In memoriam

1

– O senhor se engana, eu só puxei e agarrei o velho. Como é que eu ia bater no meu avô?

– Foi o que me disseram. E por que ele é tão furioso com os negros? – pergunta o delegado.

– Não sei, quero dizer, sei. Ele acha que espantam a clientela.

Não gosto do Constantino. Está me segurando na delegacia para eu depor sobre o tumulto no restaurante do meu avô faz alguns dias.

– O crioulo registrou queixa, alega que foi agredido.

– Quando vi, os dois já estavam atracados no chão. Apartei. Meu avô gritava que tinha pedido com jeito, que o cara não sentasse porque não ia ser atendido.

Também não gosto dele porque bebe, come, rasga a conta, não paga. Aparece drogado, solta piadas grosseiras quando a Adelaide passa, mede-a toda mordendo o lábio inferior.

– Estou deixando passar esse crime, olhem lá. O cara dos direitos humanos anda rondando por aí.

Pergunta ao escrivão no computador se está digitando o depoimento, responde sim com má vontade.

– Quem sabe o seu Bauermann anda nervoso por causa da Adelaide? A diferença de idade, o ciúme...

– Não. Crioulo não entra nos restaurantes dele faz mais de cinqüenta anos – respondo com nojo.

– Tu não tens te passado com ela?

Emudeço. Me distraio tentando descobrir se o escrivão digita ou finge. Espalham-se na cabeça: a infância no interior, o secundário concluído, o desemprego do meu pai, a informal adoção por meu avô, o trabalho sem folga no restaurante, as duas tentativas do vestibular, no fim do ano...

– TENS TE PASSADO COM ELA? – grita o delegado.

– Com tanta mulher dando sopa ia me meter com minha avó torta?

– Nunca se sabe. Quando a coisa sobe, ninguém respeita ninguém.

– Não é o meu caso.

– Que é que tu fazes mesmo naquele restaurante de segunda categoria?

Cara imbecil, todo o bairro sabe que sou pau-pra-toda-obra, ele próprio já foi atendido por mim 248 vezes. Com o saco lá embaixo digo para o escrivão:

– Porra nenhuma.

– RESPEITO AQUI DENTRO.

Com o mais fundo desprezo das entranhas fixo o homem na minha frente, rosto magro, hálito fedendo a álcool, se importando comigo menos pela confusão no restaurante do que para saber algo da mulher do meu avô. Está na cara dele e na do escrivão.

– Que é que está me olhando assim, alemão?

Continua a insistir. Sua voz de araponga percute nos meus ouvidos. Dá um murro na escrivaninha.

– Que é que há, seu merda? Pensas que tenho medo de cara feia? Fala, anda.

– Quase todo policial é um sádico.

– QUÊ?

– Quase todo delegado é um empresário.

Desde o rolo do restaurante, meus reflexos e músculos estão aquecidos. Isso e o pressentimento me salvam da bofetada que passa zunindo pela cabeça. Ele parece desiludido.

No entanto, se levanta bufando, contorna a escrivaninha, vem para me esganar, sei lá. Me abaixo ligeiro, me afasto da cadeira, dou sorte e lhe passo às costas e quando vejo lhe estou soqueando a nuca como um selvagem. Que horror de mim! O almoço dele se esparrama pela camisa, gravata, calças. Se engasga. Me maldigo.

O digitador o ajuda a limpar a boca com papéis de ofício. Em seguida, com um pequeno sorriso irônico, forra o chão com um jornal.

Olhos semi-abertos, ar pesado, o Constantino me ameaça sem vontade com um amolecido dedo em riste:

– Tu vais me pagar, tu vais me pagar.

Depois de acertar a respiração, vira-se para o auxiliar e diz com voz pastosa:

– Avisa esse indivíduo que volte outro dia para novo depoimento. Racistas do olho do cu, eu pego vocês.

Também estou enlouquecido. Saio devagar, de esguelha, com medo de um tiro ou que me acerte na cabeça com algum objeto. Que nada, deve estar no sufoco da raiva olhando a bebida e o almoço perdidos. Traiçoeiro: um celular passa rente a meu ombro esquerdo e se choca na porta da saída.

A tarde aberta me ajusta os sentidos.

Retorno ao restaurante a me perguntar pela milionésima vez se não herdei o gênio irascível do meu avô, se o sangue dos Bauermann não vai marcar minha existência. Não, não acredito, cada um é o que é. Reagi com firmeza na delegacia para não ser surrado. Sim, mas e os vários desforços no ginásio e no Exército?

Quando tenho oportunidade, falo com jeito que ele precisa dominar o gênio e deixar pra lá a mania de expulsar as pessoas de cor que tentam entrar no restaurante. Me faz mal, é penoso, repugnante. Não digo assim, não, temo, só digo que é crime, tem de dominar sua natureza.

Por outro lado ele se dá bem com cozinheiras e auxiliares negras, cansei de flagrá-lo agarrando e bolinando as mais jovens. Longe do olhar da Adelaide, lógico.

Um tio materno me contava que o velho na mocidade comia todas, brancas e negras; não, minha avó não morreu de desgosto, sempre foi tratada com carinhos, delicadezas como puxar a cadeira para ela sentar. Era contra os crioulos apenas no salão. Na cidade natal enfrentava-os no braço, sozinho. Espantam a clientela, não fazia segredo.

O salão de setenta lugares está sendo limpo para o jantar por duas alegres faxineiras. Ao passar silencioso pela divisória que separa o escritório do restaurante, o Frederico Bauermann me chama:

– Não devias ter me agarrado, José. Quase apanho daquele crioulo gabola. Olha aqui, me arranhou o rosto.

– Era forte pra caramba e o senhor estava embaixo dele.

– Eu ia sair, sempre saio. Vocês deixaram o bicho entrar. Esses garçons não querem nada.

– Eu estava na frente de olho numa viatura da Brigada. Quando me virei, o sujeito ia caindo em cima do senhor. Tá me palpitando agora que o crioulo é pau-mandado do Constantino, tudo armação.

– Não, acho que não. Come e bebe no mole.

– E o cheque que o senhor descontou dele, mesmo sabendo que não tinha fundos?

– Bem, já passou, tá feito – suspirou o velho grandão, aparência exausta, um filete de sangue coagulado no lábio inferior, um arranhão na testa e outro na face esquerda.

– Ele não vai com a nossa cara, na delegacia quase me acerta uma bofetada, nos chamou de racistas. Amanhã ou depois inventa que vendemos armas, drogas, sei lá!

– Drogas? – disse meu avô como se fosse a coisa mais surpreendente do mundo, ar inocente.

Falo com jeito, com medo de que o sangue dele se encrespe. Nunca levantou a mão contra mim, até acho que gosta do neto, mas de pé-atrás:

– Alcance grana viva pra ele ou pare de implicar com os negros.

Ele murmura em tom baixo, cavernoso:

– Nada tenho contra eles, mas não pisam aqui, estragam o negócio. Meu pai me contava isto. Recém-chegado da Alemanha, abriu seu restaurante e impedia a entrada deles, já te falei. Basta agora. Vai pendurando as despesas do delegado. Ele não vai ficar a vida toda aqui.

Tem pupilas de drogado, um dia desses espicha as pernas. Tudo passa. Não esqueças de gelar bastante a serpentina da chopeira. Está quente.

– Limpe o sangue da boca, vovô.

2

Com leve aperto na garganta, inquieto com o futuro, aqui estou constrangido a perguntar aos garçons se estão de banho tomado, barba feita, unhas cortadas, eu que cheguei em Porto Alegre com a esperança de ser alguém, de trabalhar em qualquer coisa, menos como chefe de garçons, *maître* suburbano.

O Frederico Bauermann me importuna para que cuide da higiene dos caras, meus amigos, eles devem tratar os clientes por senhor, senhora, senhores, jamais de você ou tu.

– Deixa que eu mesmo atendo o delegado – falo para o Arnoldo.

Não é o homem entregue, vergado do gabinete: terno claro de verão, camisa escura. Olhando para os fundos, nunca para mim, manda vir um uísque com gelo e caipira de vodca para a companheira. Tudo bem.

No fim do salão, num nível acima do assoalho, com a Adelaide ao lado, meu avô bebe chope e come queijos que exalam um odor penetrante. Desse lugar pretende dominar o movimento da casa. Os queijos fedorentos lhe conservam a virilidade.

Levanta-se, ignora a presença do Constantino, com firmeza chega à chopeira, reclama alguma coisa e se serve repassando a espátula sobre a espuma, concentrado que nem um escultor lavrando o mármore. Depois tira da geladeira comercial duas ou três embalagens de queijo.

Acompanho tudo.

No tempo em que o velho mexe na geladeira, o Constantino, com longas passadas, se dirige à mesa da Adelaide. O corpo esguio cumprimenta minha avó torta de cima para baixo como se convida uma mulher para dançar, ao menos em anos passados. Ela ri satisfeita com as prováveis tolices que o outro lhe está dizendo.

Consigo escutar meu avô:

– Coma e beba à vontade, delegado, é cortesia da casa – a sorrir de um jeito respeitoso, humilde, submisso.

Desgostado com o tom do velho, dou meia-volta, em quatro lances chego à mesa da outra para equilibrar a situação. Recomendo-lhe camarões com pimenta especial. Escuto dos dentes malcuidados:

– Tá louco? Essa pimenta ia estourar minhas hemorróidas.

Que merda de mulher e restaurante.

O Constantino senta, ajeita as pernas compridas e diz pelo canto da boca:

– Vai cuidar da tua vó.

Me esforço para não derrapar e pergunto se deseja algo diferente.

– Sim. A vulva bem quente da Adelaide.

Dou-lhe as costas devagar, ainda ouço uma frase a respeito de xoxota e racismo.

Acredito que as pessoas das mesas contíguas não escutaram nada, porque continuam rindo, falando alto, comendo.

A Adelaide e meu avô se retiram antes das onze horas. O delegado em seguida se manda com a companheira, passos em ziguezague, a olhar as mesas com desprezo.

Recomendo ao Marcondes não apressar a mesa 14, os jovens simpáticos, coloridos mereciam se divertir. Me tranqüilizasse, diz ele.

Na passagem pelo quarto do velho e da Adelaide ouço a alegre cantilena: não quer, fica para amanhã, bebeu demais, não vai conseguir. Ele insiste, insiste até a Adelaide ceder.

Cubro a cabeça com o lençol para não ouvir a longa orquestra dos gritos de ambos através da noite.

Quando dormem, levanto e escrevo para casa:

“Meus pais: Como já devem saber, não passei no vestibular de Direito na Federal. Saí mal em química, física, matemática. No outro ano vou ver se passo.

O serviço do restaurante corre fácil, apesar do imutável gênio ruim do vovô.

Aproveito as tardes para ler. Sonho às vezes em ser advogado e escritor. Há dias em que acho a vida fácil, outros, difícil.

O pai já conseguiu emprego? Falaram que existe uma febre de construção aí, ele poderia se meter no ramo imobiliário. Logo que puder, mando uns trocos para vocês.

Já sei, mãe, que não queres me ver metido em restaurantes, entendo que torraste a juventude dirigindo as cozinhas do vovô e mal te sobrou a casa onde moramos. Já sei. Mas é o que eu tenho no momento.

A verdade, como disse a vocês, é que não me sinto mal no meio das pessoas educadas e mal-educadas que nos freqüentam. Até me formar, vou ficando aqui. Primeiro tenho de vencer a barreira do vestibular.

Vou terminar porque cedo tenho que alcançar o caminhão de Santa Catarina que vende peixes e camarões.

Beijo pra vocês e manos.

José"

3

– Nome completo – solicita o digitador de sorriso irônico.

– José Bauermann Cardoso.

– Idade?

– Vinte anos.

– Nome dos pais?

– Melhor copiar aqui da minha carteira de identidade.

O Constantino entra abrupto na sala, mas calmo. Não sei onde conseguiu essa cara de quem baixou do céu.

– Encerra o depoimento. O negro Isidoro retirou a queixa. José, preenche esses dados e dá um pulo no meu gabinete.

Do limiar da porta já percebo que o delegado está com o olhar à procura de alguma coisa através da janela. Sem mudar de posição, num estranho destom na voz:

– Vou te confessar, não agüento mais. Como é que eu vou fazer para possuir a Adelaide?

Permaneço longo instante indeciso entre mandá-lo longe ou soltar uma risada. Me reteso e resolvo emudecer.

Vira-se, modela uma cara de piedade e fala sombrio:

– NÃO DURMO. SÓ PENSO NELA.

Continuo em silêncio, com temor de que, drogado como parece, faça alguma loucura contra mim.

– Minhas desculpas por aquilo do outro dia. Briguei contigo por paixão e ciúmes de ti. Eu preciso dessa mulher pra existir. Tu me perdoas? Diz que me perdoas.

Assinto com a cabeça.

Anda da mesa à janela, arrodeia a sala em câmara lenta, mãos atrás, pára de súbito:

– Eu te perdôo o soco na nuca, o vômito. Me diz o que posso fazer para me aproximar e conquistar essa mulher, diz.

Não creio em nenhuma palavra do farsante, porém decido fingir participação para ver até onde vai.

– Pra começar, se fosse o senhor não aparecia com piranhas no restaurante. Caia na real, doutor Constantino.

– Sim, sim. E o que mais, José?

– Mande algumas flores.

– Sem mais nem menos?

– Pelo aniversário dela.

– Está de aniversário?

– Não, depois diga que se enganou.

– E o racista, quer dizer, teu avô, como é que ia reagir?

– Sei lá. Sem o risco nada tem graça, delegado.

– Eu tenho ânsia por ela. Como é que eu faço, garoto, pra acalmar minhas ânsias?

– Flores. Tudo com o senhor.

– Mas ela não tira os olhos de ti.

– Impressão de seu coração aflito, delegado.

– Não sentes tesão por seus lábios, peitos? Ela é o máximo. Como é que o velho descobriu essa mulher, como? Ficas aí em silêncio, não é sacana? Calou, consentiu.

Faço menção de levantar, ir embora, terminar com a pantomima.

– FICA SENTADO! SÓ LEVANTA QUANDO EU MANDAR.

– Vai começar tudo de novo? – pergunto a segurar a raiva.

– Não, não, desculpa. Fica frio. Flores, então.

Lendo na cama, esforço-me para varrer dos pensamentos a figura magra do Constantino. De repente, cai a ficha. Ele é parecido com o ator que faz o papel de vampiro que seguido passa na televisão. Não tão alto, o rosto descarnado, cabelos puxados, olhos fundos.

Meio que cochilo, me assusto, volto a ler, adormeço vencido.

A efusão da Madalena, auxiliar de cozinha, me desperta.

– Dona Adelaide, dona Adelaide, chegaram flores para a senhora.

Uma serpentina gelada me atravessa as vísceras. O drogado se atreveu.

Escuto a Adelaide a ler o cartão:

"Felicitações pelo aniversário. Do profundo admirador, C."

– É brincadeira, nem é o meu dia. Madalena, põe num vaso do meu quarto.

Volto aos livros. Uma tormenta me sacode quinze minutos depois. O Frederico Bauermann troveja:

– Dá trela pra qualquer cretino. Cansei de te ver te fresqueando pra ele.

– Ué, não vives me dizendo pra ser educada, sorrir pra chamar a clientela? – a Adelaide se defende.

– NÃO COM ESSE TEU JEITO OFERECIDO.

O remorso de haver sugerido as flores me enjoa o estômago. Para interromper a gritaria e as ofensas que se lançam, bato na porta com estrépito.

Ele abre, olhos injetados, rosto sangüíneo:

– Que é que há?

– Está quase na hora do jantar.

– Não vou aparecer hoje. Toma conta. Viajo agora pra Tramandaí. O delegado patife está dando em cima da sirigaita, e ela meio que retribuindo.

– Calma, vô, calma.

Aplica um pontapé numa almofada no chão.

– NÃO POSSO TER CALMA. QUALQUER DIA CAIO DURO. ONDE É QUE ESTAVA COM A CABEÇA QUANDO CASEI COM ESSA MULHER?

– Mulher é tua vó – ela responde lá do quarto.

Senta na poltrona, mãos segurando a cabeça, baixa a voz:

– Vou até Tramandaí, o mar pode me sossegar. Te deixo, como sempre, a chave do cofre; a combinação já sabes. Se não voltar logo, telefono. Não esqueças de depositar a féria no banco. ADELAIDE, já terminaste de fazer as malas?

Deixo a sala ouvindo a interminável discussão:

– Me tiraste de casa quando eu era menina.

– Te salvei, se não te tirasse das grotas, estavas passando fome, com filhos chorando. Te salvei. Chega de conversa, fecha as malas.

Tapo os ouvidos, não adianta, a cozinha cansou de ouvir a lengalenga.

Vovô estava com sessenta anos e ela quinze. Foi à colônia comprar galetos, encomendar produtos granjeiros, ela mostrou os dentes e ele enlouqueceu se perdendo. Nossa família foi ao casamento, eu tinha dez anos, me lembro da música italiana, as mesas fartas, vinho, cerveja, dança. Era uma loucura do alemão Frederico, comentavam, teimoso para todo o sempre.

Eles se mandam depois das seis horas: meio que ouvi algumas risadas contentes, felizes, da outra. É sempre assim: brigam, se unham, depois as pazes.

O Constantino, durante o jantar, me inquire com a cabeça: onde é que ela está? Finjo não entender.

4

Depois dos serviços do banco, vou à igreja São Jorge em silêncio a pedir a Deus que espedace em meus pensamentos a persistente imagem da Adelaide. Mas Ele não existe. Ela se entranhou em meus ossos, sangue, carne. Sempre esteve, desde a festa do casamento. Eu sofro, meu Deus, se ouves. Eu fujo, me escondo, desvio os olhos. Não posso, não devo ofender o avô que me acolheu. Não, não quero mais pensar em seus olhos, seu corpo, seu andar, pele, sorriso. Ela me persegue, ela me quer, preciso de forças para não querê-la. Mas como TU não existes...

Pego a caminhonete do restaurante e estou subindo o morro Maria da Conceição a fim de prometer uma placa, fazer um voto em sua gruta e em sua homenagem para me livrar do feitiço da Adelaide. Ah, como conheço este morro, já derrubei muitas cervejas com amigos que aqui vinham por curiosidade.

Passo ao longo das ruas asfaltadas sob o calor dos céus. Alguns rostos brancos e pretos acorrem às janelas e portas. Querem saber quem se atreve a perturbar-lhes a sesta na hora mais quente do dia.

Na frente da milagrosa gruta, rodeada de votos, agradecimentos por graças alcançadas, fecho os olhos e rogo à pobre e infeliz decapitada, a Maria Degolada, que me consiga forças para expulsar a outra do meu sangue. Sim, colarei uma placa com meu próprio nome. Músculos retesados, trêmulos em seguida, a alma parecendo escapar: é sinal de que serei atendido.

Na crista do morro, decido entrar num conhecido boteco e mandar vir uma cerveja bem gelada.

– Não deseja aquela outra coisa também? – olhos caídos, habituados a todas as perversidades do mundo, morro, vida.

– Cerveja, seu Antero, o senhor me conhece.

– Tenho o melhor da cidade e continuo alugando e vendendo armas de primeira qualidade.

– Fico só na cerveja, tenho medo de mim.

Entrego-me à curtição da cerveja e da Adelaide. Quem sabe, uma vez, tão-só uma e nunca mais. Força, Maria Conceição, estás falhando.

Quando abro os olhos à claridade que chega através da porta, uma mulher negra imensa, envolta por longa bata alva, aparição iluminada, diz com delicadeza, voz baixa:

– Tem pão da tarde, seu Antero?

– Sim.

Leva os pães num andar comprido de manequim, suave, e se evapora no azul da tarde. Acho que estou bêbado.

– Quem é essa moça? – pergunto, turvado pela recente visão.

– É bruxa, voltou faz pouco da África.

O seu Antero, voz cheia, acento de português, me arranca do enlevo:

– Tem ido gente lá no teu negócio?

– Não nos queixamos.

– E o velho continua ranzinza?

– Foi pra praia.

Sai do balcão e indaga com olhar maroto:

– Esse delegado, o Constantino, tem exigido taxa de vocês? Ele veio trocar uma Magnum 44 por coca esses dias. Depois reapareceu, pediu a pistola de volta, disse que já tinha passado adiante para a gangue do Jerônimo.

– Não, não tem exigido. A gente vai levando o bicho na base da bebida e jantar com suas putas. O velho, só de falar em drogas, tem um ataque.

– Pois é, me meti nesse ramo e agora não tenho mais saída. Já te falei. Se não forneço, os caras terminam com meu negócio. Eles querem apagar o delegado. Não adianta. Vem outro e o inferno continua vivo. Esse Constantino vai acabar morrendo de tanto que cheira.

Essa conversa de tóxico, viciados, gangues me enche demais.

Corto o papo dele:

– Como é o nome da moça do pão da tarde?

– Carmélia. Ninguém se mete com ela. Dão proteção ao pessoal que sobe pras consultas às magias e bruxarias dela. Os caras ainda respeitam e têm medo do seu Emílio, o chefe honorário do morro.

Ele me traz outra cerveja e com ar cúmplice:

– Te vi saindo da gruta da Degolada. Algum problema? Estou aqui pra ajudar.

– Fui pedir forças pra suportar minha vida medíocre.

– Besteira. Tens casa, comida, um avô com grana.

– Não é o que eu quero.

– Que é que tu queres?

– Não sei.

Um crioulo velho e magro, com um cão guia de cego, entra, pede uma purinha, bebe, paga e vai embora.

5

Banho e café para tirar a cerveja do corpo.

Às oito horas a casa está quase completa.

O Arnoldo me avisa que o delegado quer falar comigo. Ajeito o nó da gravata. Onde se meteu a Adelaide? Na praia com o avô, retorna amanhã ou depois. A história das flores pegou mal, o velho quase subiu num porco.

– Qual praia?

– Tramandaí.

– Hotel?

– Não sei. Ficou de telefonar e nada.

– Vou atrás dela – diz com o olhar vidrado.

– NÃO DESAFIE O VELHO – o filme de um possível avanço na Adelaide me rasga.

– Estás gritando comigo, ô merda?

Tento colar o filme, em voz baixa invento:

– Meu avô é sócio do Tiro Alemão, vive praticando, é velho, mas dizem que atira bem.

– Ele tem arma registrada?

– Deve ter.

Ele se acalma, corações corruptos também hesitam. Indago se deseja mais alguma coisa, não responde e deixa o olhar fugir para lugar nenhum.

Retorno à caixa.

Minutos após, Marcondes, agora primeiro-garçom, me cochicha que duas pessoas de cor sentaram na 17, que fazer?

– Deixa comigo.

Um senhor preto de terno e gravata, gestos e olhar lentos, está ao lado da ereta criatura que vi à tarde no boteco do morro. Avô e neta?

Ofereço-lhes o cardápio, caprichando na reverência.

A pele escura e dentes enormes da Carmélia me magnetizam, por segundos imagino ser eu incapaz de dizer alguma coisa, de piscar, sorrir. Ela fala e corta a graça encantada que me percorreu:

– O peixe é fresco?

– Eu mesmo comprei, é de Santa Catarina.

– Um filé com batata frita para meu avô e linguado na grelha pra mim. Pode ser com salada de alface e tomate. Um chope e suco de laranja.

Entrego os pedidos para a Francisca, a chefe, solicitando esmero.

No cérebro giram o branco dos olhos e a escuridão dos olhos da moça, o afetado porte grave do ex-mandachuva do morro Maria Conceição. Um trago e eu sossegaria, não, a cerveja da tarde me deixou a língua saburrosa. A voz forte do Marcondes anunciando que o pedido da 17 está pronto me traz ao mundo. Recomendo-lhe cortesia para com a dupla.

Um que outro cliente me interroga com os olhos: como que este restaurante permitiu a entrada dos afro-brasileiros? Imaginação. Todos comem, bebem, riem, conversam aos gritos. Talvez nem percebam, como eu percebo, enchido de luz, a beleza de milagre da criatura da mesa 17.

Preciso respirar fundo no instante em que vejo o Constantino, pernas bambas, se dirigir para eles. Num relâmpago me aproximo.

– Boa noite, seu Emílio. É uma alegria ver o amigo nesta casa – diz o delegado.

Desconfio que se entendem ou já se entenderam a respeito de negócios. Seus olhos, parece, se intimizam logo. A Carmélia está fixando a cor do suco, alheia a ambos.

O Constantino faz um sinal para que eu me sente. Peço a opinião dos olhos dela. Acho que concordam.

Peço uma mineral ao Marcondes, bem atento, e digo a todos que a despesa é por conta da casa. O avô nada diz, a Carmélia agradece com um sorriso. O perfil de um curvo nariz fino, um pouco grosso na base, numa sedução instantânea, me fala ao sexo. Entonteço. Não é parda, não. É negra, quase cinza, lábios delgados sem batom.

O Constantino pega no ar o que sinto:

– Não sei como o restaurante permitiu sua entrada, seu Emílio.

– Eu já permiti a entrada desse moço algumas vezes no morro, não sei por que me impediria de saborear um bife gostoso junto com minha querida neta.

O delegado, desviando o olhar para o fundo do salão, como quem não quer nada diz:

– O Frederico Bauermann teria um infarto.

Avô e neta ficam num silêncio educado.

Meu sangue esquenta e esfria.

O velho, olhar tipo Morgan Freeman, levanta com a imponência duma figueira. Me põe a mão no ombro:

– O jovem está convidado pra comer um churrasco na minha casa. Leva o avô e mulher. Como é tua graça?

– José.

Acompanho-os à porta com uma gentileza natural. Ela me estende a mão sem esmalte e sussurra:

– Aparece. Gostaria de jogar os búzios para ti.

Passo pela 17 e digo a meia-voz ao Constantino:

– Filho-da-puta.

Sorri irônico, ergue o copo de uísque com elegância e me faz um brinde.

6

Meus olhos buscam os de meu avô. Já estará por dentro? Os garçons são meus iguais, de confiança, não me entregariam. Apresento-lhe os depósitos e pagamentos, confere, mas não me encara. Pior que cometer o pecado é a expectativa de ser descoberto. Uma tortura.

Depois do almoço, leio no meu quarto, enquanto todos dormem a sesta. Leio *O viúvo*, de Oswaldo França Júnior, comprado num sebo. Gosto do jeito simples, comovido, me envolvo. O comércio dos queijos de Minas me lembra o vovô e suas manias. Velhice é doença.

Batem à porta de leve. A Adelaide invade, quer me abraçar, não agüenta mais, recuo. Me prende a cabeça para um beijo na boca, fecho a boca, não, não. Me desequilibro, escorrego, caio sobre o livro, e ela se atira sobre mim. Sussurra que VAI MORRER, GRITAR, se eu rejeitá-la. Enfrento os infernais olhos iluminados pelo sol que entra através da janela e murmuro em suas orelhas, louco por mordê-las:

– NÃO POSSO TRAIR MEU AVÔ.

Empurro-a sem feri-la para a porta, ela suplica ao menos um beijo, só um beijo.

Minha alma desesperada se mistura num redemoinho, mas resisto.

– Um beijo por piedade!

Com ela agarrada, abro a porta, espio o corredor silencioso e a arrasto para fora.

Rejeitar a mulher que se deseja é a pior ofensa que um homem pode cometer a si próprio. Mas tem de ser. Como se extinguirá o fogo que saiu daqui? O velho dorme ao lado do fogo? A tarde é um fogo. Um chuveiro frio.

Na garagem, nos fundos do prédio, pego a caminhonete. Subo o morro devagar. Sequer a sombra de quem procuro. Estaciono defronte do boteco do seu Antero. Uma cerveja. O copo gelado está no ar, uma longa mão me freia o gesto.

– Beber não adianta. Vamos lá em casa levar um papo amigo.

Pago e sigo a imensa e magra criatura com passos de modelo. Os dentes marfinizados brincam:

– Qual é a tua, carinha? Gruta da Maria Conceição e agora a bebida. Que é que há?

– Tu és maga. Decifra.

– Nem preciso jogar os búzios. Não é segredo que teu avô é casado com mulher bem mais jovem – diz ela sem parar de sorrir.

– E daí? – pergunto com a delicadeza que a tremedeira permite.

– E daí que um jovem bonito pode tarar por ela e se perturbar.

– O morro sabe?

– Eu sei. Sou bruxa, as pessoas falam, não forço nada.

– Não sabia que era conhecido.

– Teu avô é conhecido.

– Pelas atitudes de racismo?

– É isso aí.

Emudeço. Contemplo o rosto de extremada exatidão: as orelhas pequenas, os dentes, a cútis sedosa, o corte zero do cabelo. A voz se crava nas minhas nervuras, rompe defesas.

Levanta suave como se levitasse, descansa a mão na minha cabeça e fala a rir:

– Não resolve fantasiar comigo.

– Por quê?

– Não és um dos nossos.

– Está fora de moda ligar pra cor.

– O branco só quer negra pra se aliviar.

Permaneço a mirá-la, a pensar na selva que a configurou, na energia doce do olhar, na pele que parece ter saído agora da terra. As entranhas me ardem.

– Por que estás me olhando assim? – ela não sorri.

– É bom olhar pra ti.

O odor de incenso e plantas da pequena sala branca, o silêncio da tarde me deixam próximo de um transe. É magia dela? Respiro fundo e digo:

– Vieste agora da África?

– Sim.

– Foste fazer o quê?

– Me inscrevi numa ONG e fui lá ajudar os pobres, me descobrir.

Uma voz de menina chama por ela fora da casa.

– É uma cliente chegando. Outra hora talvez te conte. Neste cartão tem meu celular. Sai pela porta dos fundos. Nada de beber. Tchau.

Durante o jantar, casa repleta, chego até o Constantino. Medroso de sua língua, pergunto se deseja alguma coisa fora do menu.

– Só a Adelaide. Voltou queimada da praia. Neste momento dou minha vida por ela.

– Por que o senhor não traz sua mulher aqui, delegado? Podia fazer amizade com a Adelaide e deve ser mais interessante que a do meu avô.

– DEIXA A EDUARDA LONGE DA HISTÓRIA – protesta num brado.

O restaurante permanece suspenso um segundo com o grito, mas logo todos prosseguem comendo, como se a voz alta fizesse parte do espetáculo.

Vou à mesa do Frederico Bauermann para sentir o efeito do grito, vejo que está na chopeira fazendo recomendações. A Adelaide morde o lábio inferior e sorrindo pede que deixe a porta do quarto encostada:

– Acho que vou estourar, querido.

O velho chega e indaga o que aconteceu com o delegado.

– Um faniquito porque o arroz estava solto demais. Bichice.

Do meio do salão fiscalizo o ir e vir dos garçons, os olhos da Adelaide me sondando, um guardanapo que cai da 22, um garçom o apanha obsequioso. O deslocamento solenizado de meu avô na direção do Constantino me faz prometer deixar a porta aberta se o delegado não piar sobre a presença do seu Emílio e da Carmélia na outra noite.

Percebo os gestos derramados e impulsivos do velho diante do gritão. Corro.

– Peço que não mande mais flores à minha mulher! – ainda escuto a frase irritada.

– Apenas um ato de simpatia pelo aniversário dela, seu Frederico. Quer saber de uma coisa? Não admito que levantem a voz pra mim, está ouvindo? E tem mais. Qualquer dia vou deixar que a horda invada seu estabelecimento de bosta, está ouvindo? – abre o casaco mostrando um revólver na cintura.

– Que horda? – pergunta meu avô sem temor.

– Deles. Já mandaram dois precursores na sua ausência.

– Precursores de quem? Precursores de que, porra? – grita o velho alemão.

– Dois crioulos. Seu neto está por dentro.

Temo que meu avô possa ser fulminado por uma apoplexia. Atendendo à sua ordem, a passos largos, acompanho-o a seus aposentos. Fecha a porta e roxo:

– Que história é essa?

– Na noite em que o senhor viajou, seu Emílio e a neta entraram, sem eu ver, e sentaram. Não pude fazer nada.

– Seu Emílio, o ex-dono do narcotráfico do morro? – me pergunta quase sem voz.

– Sentaram bem-vestidos, educados.

– Educados porra nenhuma. Deixaste que um ex-traficante NEGRO sentasse no MEU restaurante? E foram servidos?

Baixei a cabeça.

– QUE MERDA!

Senta na poltrona, sacode a cabeça e diz fingindo calma:

– Volta pro salão. Amanhã vou ver o que faço contigo.

7

Saio da cama antes de clarear, sou o primeiro a fazer compras na feira do bairro, escolho peixes e camarões no caminhão de Santa Catarina.

Agora, enquanto me barbeio e a casa dorme, já me considerando na rua, fico a pensar nas insistentes batidas leves na porta durante a quente madrugada. A Adelaide forçou o trinco, gemeu diante da porta. Num instante, enlouquecido e com raiva, me ergui disposto a ceder. Mas dela só tinha o odor.

Saio antes que o meu avô desperte e me mande em frente.

Na delegacia pergunto ao escrivão se o doutor Constantino já chegou, está numa reunião na Secretaria.

– Não estará dormindo em casa? Ele deixou o restaurante meio mal, esqueceu sua carteira, preciso entregá-la pessoalmente.

O digitador de olhos irônicos não acredita, mas colabora me fornecendo o endereço. Não foi preciso suborná-lo, é lógico que não suporta o chefe.

Passo na florista do bairro, compro rosas e escrevo no cartão: "Eduarda, minha vida por um beijo seu. Um Admirador!" Tudo em letra garrafal. Pago a mulher, dedos nos lábios pedindo segredo, sigilo, coisas do ano I. Chama o motoboy e solicita rapidez.

Antes de ser despachado pelo meu avô, quero afligir um pouco o dedo-duro.

Francisca, a cozinheira-chefe, com um sorriso que é uma manhã, diz que as hortaliças, verduras e legumes estão bonitos, os peixes e camarões lindos de morrer.

Estendo minha cama e termino *O viúvo* e fico aguardando o bombardeio. A porta é aberta de modo intempestivo. É agora. Não, é a Adelaide. Encaro-a a tremer.

– Não é o que tu pensas. Teu avô levantou com dor no peito.

Ele se queixa de aperto no coração, olhos vermelhos. Ligo para o celular do doutor Tom, seu médico faz anos. Responde que está no trânsito, chegará em seguida.

Me perturbam os olhos distantes do avô sofrendo e a água do chuveiro da Adelaide. Estou louco?

– Que é que há, alemão velho? – vai entrando e falando alto o doutor Tom, moreno, cabelos pretos, óculos.

Mede-lhe a pressão. Normal. Ausculta-lhe o coração, os pulmões, conta os batimentos.

– Duas extra-sístoles por minuto. Não tens nada, puto de merda. Assustando a gente de manhã cedo. Pára de beber, dorme cedo. E deixa de querer transar todos os dias com a Adelaide. Essa gatona vai acabar te matando.

Ela sai do banheiro ao lado, cabelos molhados, plena de sorrisos.

– Perdão, doutor Tom, não ouvi o senhor chegar. E eu com este quimono antigo. Como é que está o homem?

– Bem, leva esse cara amanhã lá no hospital, sem falta. Não vi nada de anormal, mas sempre é bom fazer alguns exames. Velhinho, vai tomar um banho e descansar. Adelaide, pára de exigir demais desse alemão, andas te fresqueando muito.

– Tudo bem, doutor Tom.

O médico se despede, entra na cozinha e pede um café preto. Acende um cigarro, não me preocupe, quando é que vou dar uma dentro no vestibular.

– Vais querer ficar toda vida trabalhando como *maître* de arrabalde? Tens que estudar, nego. Agora, cá pra nós, a mulher do velho tá boa pra caralho; respeita o alemão, hem?

Em plena manhã, meu avô dormindo, ela invade meu quarto, sem temor ou vergonha, me olha com seriedade, ar atormentado, abre o penhoar, desvela o corpo inteiro, gira sobre si própria, desfila as musculosas nádegas sem palavra. Acho que é demasiada crueldade para com um homem. Para soprar minha excitação, pego-a pelos cabelos e lhe sussurro que não respeita nem a doença do marido. Inspeciono o corredor vazio e a toco para fora. Cinco minutos depois, fico com pena.

Procuro mais tarde saber do velho se necessita de mim, responde tranqüilo que não, assim penso que continuo no emprego. Flui que a vida é fácil, não é minha hora de desertar.

Telefono para a maga, posso consultar à tarde.

Ela me recebe com simpatia a rebentar energia pelos olhos, mas refuga o beijo na face.

– Carmélia, tu acreditas nos fundamentos do teu trabalho?

– Não entendi.

– Tu és a mulher mais linda que conheci, mas suspeito que não és bruxa, vidente, sei lá o que mais.

– Eu ajudo os aflitos.

– Talvez melhor que alguns psicólogos.

Não consigo represar outras sandices sobre o assunto que rolam da minha boca.

Repousa a mão sobre a minha. Beijo-a ligeiro, não retira, então beijo dedo a dedo com entrega mística. Me afaga os cabelos:

– Que é que há, alemão grande?

– Desculpa, esquece o que eu disse. Não sinto prazer no mal.

– Que mal, garoto? Tuas palavras não me atingiram. Sei o que faço – ela sorri.

– Provoquei a mulher do delegado com flores, pura vingança.

Estou referindo a nojenta insistência dele em cima da mulher do meu avô, o aperto no coração que o velho sentiu.

Ela me olha com ironia. O cabelo corte zero ressalta o rosto delgado, anguloso, o queixo saliente que se harmoniza com o conjunto.

– Ela não te deixa em paz, não é assim?

– Resisto. A pobre é vulgar, doida, ninfomaníaca, arde o dia inteiro, tenho pena e medo de que acabe se esfregando no Constantino.

– As flores são também ciúmes?

– Não sei. Não posso deixar que o delegado dê as cartas sozinho.

Por acaso e de súbito a gente se olha com profundidade, eu lhe desejando absorver a alma, ela talvez buscando descobrir se mereço confiança. Interrompo o desafio:

– Me fala da tua vida na África.

Ela desliga os dedos como se tivesse um choque. Uma crispação repentina lhe atinge os lábios bem definidos. Desvia o olhar:

– Entrei numa ONG, como te disse, e fui trabalhar na Cidade do Cabo.

– Pra fugir do morro?

– Também. Com alguns conhecimentos de inglês e enfermagem, ajudava, na periferia, os pobres e miseráveis de minha cor. Cuidava de suas feridas, doenças, dores, cozinhava. Ganhava pouco, mas vivia sem os sobressaltos daqui, liberta dos irmãos que me passavam pra trás. Não sei por que te conto isto, nem te conheço.

– Como adivinha, pensei que me conhecesses.

– Ninguém conhece ninguém. Confiei no xamã que me ensinou os secretos caminhos das ondas corporais, as energias, o ocultismo, mil coisas, e ele acabou me estuprando.

– QUE HORROR, CARMÉLIA – clamo.

Exato no instante em que grito, sirenes ressoam na subida do morro, tiros espocam nas ruas vizinhas. Ela me diz que é mais uma batida da Brigada, calma que estamos seguros.

Alguns minutos passam e logo dão pancadas violentas na porta da pequena casa. Arrombam. Três soldados empunhando revólveres entram gritando:

– Onde está o Araújo, onde estão as pedras?

– Que pedras, seus malucos? – berro.

– As pedras de crack escondidas aqui.

– Vocês estão invadindo a tenda sagrada de uma poderosa mãe-de-santo, imbecis. Ela vai matar vocês só pela magia, chinelões de merda. Saiam já daqui! – brado com toda força de meus pulmões.

Os soldados talvez tenham se assustado: disfarçam levantando almofadas, abrindo sem pressa três gavetas duma cômoda e vão se retirando devagar resmungando o nome do Araújo. Milagre?

Vejo pela porta escancarada duas viaturas passando com a sirene a cantar e desaparecem no outro lado do morro.

Minutos depois, quando tudo silencia, com voz de tom carinhoso, ela diz que é melhor eu me mandar.

– Te espero outro dia, escreve aqui teu celular – oferece a face para um beijo.

Reparo aqui fora que a caminhonete foi atingida por três projéteis na parte traseira.

O delegado não apareceu à noite, talvez por ter se envolvido com a batida no morro, fico a imaginar.

8

Agora de manhã ouço na cozinha a conversa da Adelaide com a chefe da cozinha.

– Eu conheci a dureza das lides da terra, Francisca. Levantava cedo pra ordenhar as vacas no tambo. Ai de mim se não enchesse os tarros. Sofri nas mãos do tirano do meu pai.

– Mas a senhora saiu forte e é bonita demais pra esse serviço.

– E ainda tinha de cozinhar pra nove, dez pessoas. Mamãe sofreu um derrame, não podia sair de casa. A gente dependia da chácara.

– A senhora teve sorte em encontrar seu Frederico.

– Sei lá, pode ser. Troquei um tirano por um homem violento.

– Aqui a senhora é tratada como rainha – diz a Francisca bajulando –, seu Frederico faz todas suas vontades.

Já escutei essa conversa em dezenas de ocasiões, me digo enquanto termino o café-da-manhã com o pão fresco que comprei. Na certa vai relatar agora a forma pela qual meu avô fez negócio com o tirano.

– Quando o Frederico me disse que ia me tirar daquele buraco, me senti feliz. Casei lá de véu e grinalda, Francisca. Eu era virgem no meio de gente casca-grossa. Até meu pai arrastou a asa pra mim, era forte, dei-lhe com uma tranca nas paletas, não se meteu mais. Minhas duas irmãs já tinham fugido com uns caras bandidos.

– Eram bonitas como a senhora? – a Francisca está guisando a carne e puxando conversa, acho, para preencher a solidão, cansada de conhecer a história.

– Eu sou a feia da família.

– Não diga isso, dona Adelaide, que pecado.

Retiro-me para o quarto, sentindo que me segue. Ela fecha a porta a chave, me vê desnudo a entrar no chuveiro e fala com voz trêmula:

– O velho foi tirar sangue, volta daqui a pouco. Uma coisa, José. Minha última oração. Se não deixares a porta destrancada de noite, juro que corto os pulsos e grito que me matei por tua causa.

Enfio a calça curta do pijama, rogo que sente-se calma na poltrona de leitura e tento lhe passar a conversa sem tremer:

– Sem drama, Adelaide. Quem quer cortar os pulsos, corta, não anuncia. Tens a vida aberta pela frente pra gastar a grana que meu avô te deixará. Estás cansada de saber. Bom, tu te lembras bem que fui a teu casamento, não é?

– Sim, me lembro – ela suspira, seios descendo e subindo.

– Naquela tarde senti que eras carne, nada mais que carne e das mais sensuais. Casaste com meu avô e viraste espírito, um fantasma. Transar contigo seria deitar com minha avó, minha mãe, entendes?

– Que conversa! Não entendo. Se é assim, por que esse teu negócio quase rasgando tua calça.

– Sou homem, Adelaide, qualquer homem normal pode te desejar. Mas eu não posso, não devo. Agora sai daqui antes que os empregados cheguem.

– Pouco me importa. A casa inteira sabe que sou louca por ti.

– Se não parares com essa loucura, vou procurar emprego e sair daqui.

– NÃO. ISSO NUNCA.

– Baixa a voz, te manda logo daqui. Tchau.

– Então diz que vais deixar a porta aberta.

– Tchau, Adelaide.

Depois de servir o almoço, pergunto a meu avô quando ficam prontos os exames de sangue, por que não pediu que o levasse ao laboratório do hospital.

– Ainda sei me virar sozinho pela cidade. Como é que aconteceram aqueles furos na caminhonete?

– Saí com ela, houve batida policial no morro, voaram tiros.

– Vais pagar o conserto. Não quero saber de neto metido com quadrilhas do Maria Degolada. Queres ser preso, morrer? Não basta o Constantino me enchendo o saco?

Uma reta para o morro. Aqui na bodega do Antero quero saber pormenores do tiroteio.

– O delegado me avisou de manhã, fechei antes em trancas, em silêncio, escutando as balas zunindo. Prenderam cinco caras, destruíram cinco bocas, levaram pedras de crack, coca, maconha.

– E o seu Emílio? – pergunto preocupado.

– Tá sempre bem protegido. Como te falei, não se mete mais, guardou grana suficiente. Só é chamado pra fazer a paz entre os bandos, as gangues. Não faz mais nada, só relações públicas com as autoridades, acerta os negócios dos subornos, bolos, gavetas. Vou trazer uma gelada pra ti.

– Obrigado, seu Antero, prefiro um cafezinho.

Telefono para a neta do mandachuva de honra, às três está livre. Quer conversar comigo longe do morro. Tudo bem. Apanho-a no horário combinado.

Está linda como a natureza.

– Quem sabe a gente conversa num motel – sugiro natural.

Dá uma risada gostosa, límpida que nem o brilho das águas do Guaíba lá embaixo.

– Claro que não, que indelicadeza, José!

– Não vais me dizer que levas o trauma do teu guia, xamã, guru.

– E eu posso ter o luxo de carregar traumas? Minha vida é seguir de cabeça empinada. Se baixar, me comem viva.

– Não tens namorado, Carmélia?

– Não precisas saber.

– Está bem, misteriosa.

Tomamos café com leite e pão da tarde numa lanchonete do shopping da Ipiranga. Peço que me relate o que aprendeu na Cidade do Cabo.

– Esoterismo, cabala, ocultismo, astrologia, algumas noções dos sistemas africanos de crenças religiosas, os rituais, danças.

– E os búzios?

– Minha mãe me ensinou. Nem falo mais, não acreditas mesmo. Ai, ai, minha crença religiosa é que me dá força e alegria de viver no centro do terror.

– Já experimentaste drogas?

– Deus me salva.

– Teus pais são bonitos como tu?

– Foram assassinados numa invasão da polícia.

– Desculpa.

– E os irmãos?

– Estão envolvidos com a droga até o pescoço. Não se salvam mais, me roubaram a casa, só esperam a morte.

– Que miséria! – exclamo.

Encaramo-nos numa intensidade profunda e só pode ser o resplendor do seu olhar que me faz dizer:

– Temo que tenhas um destino trágico. Queres fugir comigo? Te protegerei pra sempre.

Não leva a sério minha inquietação sincera, solta uma risada que acende o shopping e me encabula. Depois me acaricia o rosto e diz:

– É verdade, me protegeste ontem, sou grata, José, valeu.

Convido-a a ir ao cinema. Li no jornal que *Dreamgirls* é com atores e cantores afros.

– Não vou a cinema faz horas – aceitando.

Assiste ao musical em silêncio, com contração, como se estivesse desempenhando o papel das atrizes e cantores negros. No momento em que uma cantora solta a voz com perfeição num lamento comovido, ela me agarra a mão e a aperta ao seio de pedra, espontânea. Mas se dá conta e solta depressa. Penso que vou morrer ali da fruição dum prazer que jamais senti.

Na saída, compro-lhe uns brincos que a obrigo a escolher.

9

Chego atrasado para o jantar. Aqui no vestiário converso com os garçons nervosos pela gritaria do velho com a Francisca: encomendaram um jantar da igreja para cinqüenta pessoas. Me vê e indaga com agressividade hitleriana:

– Onde te meteste toda a tarde, IRRESPONSÁVEL?

– Fui ao cinema.

– CINEMA? Encomendam um jantar pra cinqüenta carolas, vou no freezer e só têm dois frangos. Tive de correr atrás de galinhas e o meu braço-direito no CINEMA. Não adianta, José, não nasceste pra este negócio. Se adoeço, a casa quebra. Rápido, manda os garçons emendarem as mesas. Te mexe. Francisca, és minha última esperança, capricha na galinhada. Tudo contigo.

Agüento tudo calado, protegido pelo enlevo do seio de pedra.

Menos agitado, o velho diz:

– É o aniversário do padre da igreja São Jorge. Me avisaram tarde, mas não podia recusar.

Mais de sessenta pessoas acabam aparecendo: senhores engravatados com suas mulheres, vestidos leves de verão, jóias, anéis, cinco casais negros. Quero ver o Frederico Bauermann implicar com eles. Na frente do padre até é capaz de estender a mão aos simpáticos afros.

Com o estado poético do filme e da mão no seio, chego à mesa permanente do Constantino numa boa.

– Tudo em ordem, doutor?

– Vou descobrir quem é o patife que anda mexendo com minha esposa.

– Sua esposa? Não entendi.

Pede mais um uísque, é o quinto, confiro as anotações da caixa.

Copo à mão, chega à mesa do meu avô.

A Adelaide veste uma blusa tecnicolorida, chamativa, que releva os seios erguidos. O delegado levanta o copo, bebe um gole e murmura alguma coisa ao ouvido da Adelaide, que sorri com prazer sensual. Meu avô dá um murro na mesa: derruba uma garrafa de mineral e faz saltar pratos e talheres.

O estrondo na mesa coincide com o estrondo violento na porta de entrada.

Seis caras, brancos e negros, entram no salão aos gritos, dando ordens, exigindo dinheiro, jóias, anéis. As senhoras ficam histéricas, escondem objetos, os homens levantam os braços se entregando, o padre sobe numa cadeira e faz um sermão: essa atitude é uma afronta, uma profanação à igreja de São Jorge, uma vergonha, pecado mortal.

– Desce daí, padre, deixa de conversa e vai passando esse relógio. Calado, puto velho! – se diverte um assaltante.

Outro corre à mesa do meu avô e aos brados, revólver dirigido à cabeça dele, pede a chave do cofre. Com rapidez sobrenatural o velho arroja uma cadeira e acerta a cabeça do cara. O delegado, súbito curado da borracheira, dá voz de prisão ao assaltante ferido no chão, mas este lhe passa uma rasteira e desequilibra o homem da lei.

Dou um pulo e imobilizo o cara sangrando e lhe tomo a arma. O avô esgueira-se manhoso pelo corredor e desaparece.

A GRITARIA ATINGE O CÚMULO.

Carrego o ladrão sangrando à maneira de escudo, atiro para o teto, a explosão tem o poder de silenciar o ambiente por breves segundos.

– Assaltantes pra rua! AGORA. VOU ARREBENTAR A CABEÇA DESTE AQUI – me sinto um herói de filme de gângster.

– SAIAM JÁ, VAGABUNDOS! – aparece atrás de mim o Frederico Bauermann empunhando um 38 prateado, talvez sem balas, o famoso tresoitão a que se referia nas suas contendas.

Os bandidos não pensam duas vezes, começam a fugir deixando jóias, relógios e bijuterias no chão, se confundem na porta e desaparecem na noite.

O cara que levo rendido é um branquela cheio de tóxicos, malcheiroso. Procuro o delegado para que o encaminhe a algum camburão, mas onde se meteu o velhaco?

Meu avô busca consolar o padre aniversariante e demais pessoas. Uma senhora lamenta o roubo de uma aliança de bodas de prata, outra se ufana de ter escondido os brincos na boca, outra no sutiã. Perderam pouca coisa, pior foi o susto.

O que faço com este miserável? Empurro-o à porta, repleta de curiosos, uma viatura aparece e entrego o coitado aos brigadianos. Um deles entra no salão para certificar-se da ocorrência e tomar nota das perdas e queixas dos clientes. Não vai dar em nada, exclama um preto alto, bem vestido.

Quebrando o regime recomendado pelo doutor Tom, meu avô, de chope na mão, vai dando ordens aos garçons para arrumarem o salão, quem quiser ainda comer e beber será atendido como se nada tivesse acontecido, TUDO POR CONTA DA CASA.

Começa a olhar aflito para os lados:

– ONDE SE METEU A ADELAIDE? – grita.

Examino a porta à esquerda da mesa do meu avô, que dá para o corredor externo do prédio, verifico que não está chaveada. O assalto me cegou.

Tenho um pressentimento.

Corro de caminhonete à delegacia: me informam que o delegado saiu no fim do expediente, só amanhã.

Seguindo meu pressentimento, passo vagaroso por um motel perto, nem sinal da cor do carro dele. Passo por outro, nada. Vejo saindo de um terceiro alguém caminhando com passos decididos. Acelero, me aproximo e digo com firmeza:

– Estás doida? Sobe depressa.

– Foi um fiasco sensacional. Ele estava bêbado, me agarrou, diz que me amava, mas nem se mexeu, chorou e foi dormir.

– Queres matar teu marido, maluca?

– Sou um fantasma, só tu me farias voltar à vida.

– Deixa de asneiras. Onde te meteste na confusão?

– Ele me empurrou pela porta lateral, simulando proteção, me fez entrar no carro, mentindo que na delegacia eu estaria salva. Tomou a direção do motel. Como me senti oca, resolvi topar pra ver o que ia dar. Jurou que eu era a mulher da vida dele, ia me raptar...

– Não me interessa. Diz em casa que correste à delegacia pra pedir socorro.

– Com o delegado ou sem o delegado?

– Sei lá. O que achares melhor.

– Amado.

10

Depois de falar com um pedreiro sobre o conserto do furo da bala no teto, vou respirar o ar quente da tarde. No entanto, é de outro ar que preciso. Por isso, não tenho a menor hesitação de telefonar para o morro, mesmo sabendo que os assaltantes desceram de lá.

Ela já sabe do lance, lamenta com voz repousante. Conto o rapto e o malogro do Constantino com a Adelaide. Com voz neutra, diz que a outra, coitada, procurava um refrigério. Calo-me pensando no desespero da Adelaide, sinto pena dela e do viciado. Ela tenta descobrir a causa do meu silêncio, sei lá, e fala com entonação voluptuosa:

– Três consulentes desistiram agora de tarde, devem estar com temor do último tiroteio. Estou livre, queres dar um pulo até aqui?

– Sim.

A sala recende a benjoim, alfazema, plantas odoríferas. Seu leve tremor de voz é autêntico ou faz parte de um jogo erótico?

Os passos que dá à porta, para fechá-la com uma tranca, revelam a pura elegância dos remotos antepassados que, nobres, príncipes, reis, nunca passaram fome, sede. Aqui estou frente ao que os séculos fizeram: uma doce selvagem negra. Penso nestas coisas por estar com medo? Sim, estou com medo.

– Tenho o que tu queres – a voz musical abafa todos os medos.

Nossos corpos grandes não caberiam no pequeno sofá branco.

É no chão frio desta minisselva que bebo seu corpo.

Depois me serve um refresco de limão com ervas estranhas, creio que está à espera de um louvor. Tremo com a verdade:

– Agora sei o que é a mulher.

– Nunca tinhas...

– Uma que outra, apressadamente.

– Fazia tempo que não chegava aonde cheguei.

– E os namorados daqui?

– Não tive namorados desde que desmanchei meu casamento. O estupro não valeu.

– Foste casada? – me surpreendo.

– Terminei faz mais de dois anos. O Jerônimo se meteu no tráfico, acabou se viciando. Detesto a droga que causou a desgraça dos meus pais, avô. Mas sofro com a verdade dolorosa: sem o tráfico o morro desaba, com o tráfico até as crianças se viciam e morrem.

– Mas tem gente que trabalha em outras coisas.

– Empregadas domésticas, faxineiras, biscateiros, músicos.

– Por que não continuas os estudos?

– E trabalhar depois em quê?

– Em qualquer coisa que te tire o morro da cabeça. Acho que és inteligente pra fugir desta vida ambígua.

– Me seguirias se eu fosse lá pra baixo?

– Sem a menor hesitação.

– Enfrentarias o racismo do velho?

– Ele adora as morenas.

– Na cozinha, é claro. É ilusão tua, garoto. Vem, é melhor a gente se enganar aqui e agora mesmo.

Não nasci para ter espírito de competição, mas me sinto orgulhoso de corresponder bêbado de amor às instâncias cálidas de sua carne das selvas ao longo da tarde.

Ela se lava e me lava com uma enorme esponja perfumada. Sou o senhor da África.

"Meus pais:

Mandarei amanhã o pouco que sobrou do mês. O pai sempre dirigiu bem, podia conseguir um emprego de taxista ou de caminhoneiro. Quase pedi uma grana emprestada pro vovô. Não tem nada contra o pai e deve obrigação à filha que lhe deu uma grande mão no início. Não compreendo como as pessoas podem ser ingratas. Há poucos dias teve um treco, já melhorou. Incomoda-se com o restaurante e a preguiça da Adelaide. Faço o que posso e não esqueço os estudos. Estou bem.

Beijo pra vocês e manos.

José"

A história do assalto foi publicada numa pequena nota num jornal, tomara que meu pai não a tenha lido.

Aflige-me a privação que estão passando, o remorso às vezes me bate. Hoje à tarde, após desfrutar o supremo prazer da minha vida, começou a me nascer uma inquietação. Eu num profundo gozo e meus pais sofrendo. A suavidade e a exaltação sensual da Carmélia me acalmam.

Em breve falo com o velho. Não atino com o infundado orgulho da minha mãe. Podia pedir um empréstimo e fim. Pai e filha. Deve temer a negativa. Creio que tema que o pai jogue-lhe na cara que seu marido é incompetente, azarado.

E eu receio que meu avô negue o empréstimo que solicitar e chame o pai de vagabundo. Palavra que largaria a casa e me vingaria transando com a sua mulher.

Tão reveladora de mim, tão gratificante a tarde e agora estes sentimentos sombrios como se eu não a merecesse. Vem, Carmélia, vem me salvar.

O dever me chama. Baixou o movimento por causa do assalto. O Frederico Bauermann foi ligeiro, contratou um segurança com 110 quilos de músculos negros.

O delegado não falha. Me aproximo e pelo canto da boca:

– O excesso de álcool não combina com o amor.

– Branco e negra produzem cocô café-com-leite – responde sem hesitar.

– E dona Eduarda como tem passado? – não tenho alternativa.

– Não quero nem que pronuncies o nome de minha mulher. Já descobri que mandaste as flores, merda das merdas.

– Eu?! – devo estar vermelho que nem camarão.

– Botei o motoboy na prensa, vomitou. Última vez, deixa Eduarda fora – diz sem me fitar.

– Respeite minha avó – respondo com energia.

– Uma não tem nada a ver com a outra – rebate com faíscas nos olhos.

– Ambas são casadas com homens de respeito.

– NÃO EXISTE COMPARAÇÃO – o restaurante estremece.

Levanta e sai porta afora, medindo o segurança com desprezo.

Um violento cântico de triunfo soando irrita-me.

Na sua mesa, vovô quer saber a razão do grito.

– Cobrei dele a falta de segurança do bairro e a displicência no momento do assalto.

– Calma, rapaz, esse negócio eu resolvo sozinho.

O velho se levanta para chamar a atenção de um garçom porque saiu do banheiro sem lavar as mãos.

A Adelaide frivoliza um sorriso:

– Tiveste ciúme do Constantino e foste me defender, não é, meu netinho?

Dou-lhe as costas.

11

Agora de manhã, após as compras, ligo para a Carmélia, o delegado já sabe de nós.

– E daí? O morro é aberto. Tens medo?

– Não. Tenho até orgulho. Leva-e-traz é que não faz bem.

– Bem, pode ter sido a dona Eduarda, minha consulente. Se preocupou com as flores, eu disse que se acalmasse, talvez não fossem de quem ela pensava...

– Quê? Ela tem um amante? – acho graça.

Permanece num silêncio de anjo, entendo que precisa manter sigilo. Insisto:

– Contaste pra ela sobre nós?

– Confidenciei pra ela que estava gostando de alguém, mas que não podia imaginar um futuro com ele por não ser da minha cor.

– Ela contou pro marido e ele deduziu que era eu. Deixa pra lá, pra mim tá tudo legal. Não podes imaginar o futuro comigo, glória da minha vida?

– Vou imaginar melhor – ela sorri. – Prometes não importunar a dona Eduarda?

– Vou pensar melhor. Prometo, prometo. Quando é que a gente se vê?

– Liga de tarde.

Um impulso maligno me faz descumprir a promessa. O demo na alma. Compro no shopping algumas essências perfumadas e decido entregá-las à mulher do delegado.

– Quem é? – uma voz límpida pelo interfone.

– Um presente de parte de dona Carmélia.

O porteiro me deixou subir pelo luxuoso elevador social. Sou um dilúvio de ironia e maldade.

Defronto uma senhora perfumada, alta, fino vestido de verão, no entanto com um rosto que lembra uma coruja magra. Delgado nariz adunco que lhe desce à boca.

Ironias e maldades se evaporam.

– Minha namorada pediu que lhe entregasse estas essências recém-chegadas da África. Para todos os males, inclusive os do coração. É um reconhecimento a tudo que fez por ela.

– Imagina. Eu é que estou devendo a ela. Me ajudou e salvou em vários transes. É santa, adivinha, conselheira poderosa, amiga. Muito obrigada. Aceita um cafezinho?

– Obrigado. Até outra vez. Não esqueça de usar as essências. Alegram a alma, atraem fluidos amorosos.

O sol da manhã exacerba um remorso iniciado no instante em que conheci a coruja. E ainda ironizei com fluidos amorosos. Me sinto um lixo, um porra-louca.

Mas o Constantino está justificado? Perdoado?

Torno a ligar à Carmélia.

– Perdão, minha santa adivinha. Quebrei a promessa. Sou louco, curioso. Entreguei em teu nome algumas essências milagrosas à dona Eduarda. Sou um criminoso. Coitada. Quem é aquele ser, minha querida? Por que não me avisaste?

– Avisar o que, enxerido?

– Que dona Eduarda é a mãe do Constantino. Deve ter muito dinheiro.

– Tchau, José. Não devo comentar tais assuntos. Vou confirmar, porém o lance das essências foi infantil – desliga séria.

Tenho a impressão de que o vovô está de boa veia. Presto-lhe contas dos gastos, recibos, receitas do últimos dias, dinheiro. Gira a cadeira e sorri:

– Apesar do assalto, insegurança do bairro, estou satisfeito com o movimento do verão.

Valho-me da rara euforia dele e resolvo dar uma de oportunista de quinta categoria:

– Vovô, bem que o senhor podia alcançar uma grana pro meu pai adquirir um táxi. Acho que não está numa boa.

– Por que tua mãe não me pede?

– Acho que por constrangimento.

– Vou pensar. Talvez daqui a três meses dê um jeito. Mas quero sociedade, tá?

– Posso dar a notícia pra eles?

– Pode, mas é sociedade. Três meses e se as coisas correrem normal...

Estou desapontado, puto da cara, pelo menos não chamou o papai de azarado. Ouço a voz meio arrogante e triste da minha mãe. Seguiu carta, o vovô talvez empreste dinheiro nos próximos meses. Continua unha-de-fome. Agradece meu empenho, o dinheiro remetido. Não me preocupe, o pai se vira com biscates, os irmãos estão bem, que eu não desista de estudar.

No corredor, a Adelaide se fresqueia, me defendo com raiva e sussurro que descobri por que o Constantino é tarado por ela. Junta o corpo ao meio e balbucia sensual:

– Me conta, alemãozinho, me conta.

– É casado com Miss Assombração, conheci a esposa, pensei que fosse a mãe dele.

Sinto mágoa em seus olhos e nojo no meu coração.

Depois de dirigir o almoço em que o avô chama a atenção do garçom Marcondes por não haver entregue os pratos a um só tempo aos cinco clientes da mesa 12, me recolho enfarado da vida e tento me atormentar estudando física. Desisto e leio alguns contos do Rubem Fonseca. Às cinco e meia soa o celular.

– Queres dormir aqui em casa?

– Lógico. Pode ser depois de eu dar o jantar?

– Sim. Tchau. Um beijo.

– Um BEIJO – creio que não se ressentiu com minha leviandade da manhã. Ótimo. O dia estava me parecendo de mau agouro.

Antes de conferir os garçons, indago do velho se já acertou com o delegado o negócio da taxa da segurança, outra vez fala que não me meta.

Solitariamente curtindo seu uísque com gelo, perdido olhar, o Constantino sequer liga à minha presença.

O procedimento inconseqüente da manhã ainda me ferve. Nem devia falar. Com voz camarada, compreensiva, suave, no entanto, arrisco:

– A Adelaide hoje perguntou duas vezes pelo amigo.

– Não sou teu amigo – sem me fitar.

– Estou tentando dizer que ela está a fim do senhor.

– Que merda de essência andaste entregando à minha mulher?

– A mãe-de-santo pediu que comprasse pra dona Eduarda.

– Tua negra?

– Minha namorada.

– Descobriste meu segredo, não é, filho-da-puta? Deves estar feliz.

Ergue-se, copo na mão, pede com longa mesura licença para sentar à mesa do avô e mulher.

Da chopeira observo-lhe os movimentos. Diz alguma coisa à Adelaide e a Adelaide solta uma gargalhada. O velho não acha graça, o outro insiste. Mais ela ri. Não posso me descuidar. O Frederico Bauermann sai bufando no sentido das acomodações nos fundos. Retorna com o 38 empunhado. Corro.

– Ponha-se pra fora, seu bagaceiro, cretino. AGORA – apontando-lhe o revólver.

– O senhor sabe o que está fazendo? O senhor está ameaçando uma autoridade.

– Não me interessa. Vou dar queixa na Secretaria de Segurança. O senhor assediou minha esposa com palavrões de sarjeta e na minha frente. AGORA RUA, VAGABUNDO.

Segura o magro Constantino pelo cangote e o arrasta à porta central, recomendando aos gritos ao segurança:

– Não permitas que este senhor entre aqui nunca mais. Agora ele já sabe com quem está lidando. Hoje é a grande noite, chega de delegados corruptos, traficantes, negros. Esta é uma casa de respeito. ADELAIDE! JÁ PRO QUARTO.

Digo ao velho exaltado que vou atrás do delegado para evitar que chame alguma força policial, nem me ouve preocupado tão-só com a mulher. Um que outro cliente quer ir embora, no entanto o Arnoldo e o Marcondes dizem que está tudo bem, terminem suas refeições e bebidas. Não foi nada, apenas um freqüentador bêbado.

No lado de fora, chego a tempo de distinguir o Constantino atravessando a avenida na direção da garagem coletiva. Enfio-lhe o braço, se desprende, me desequilibrando.

– Calma, delegado, quero apenas conversar em paz com o senhor.

– Não tem conversa. Depois do que o velho corno fez comigo só a bala vai conversar.

Convoco todas as divindades da Carmélia, os santos, a fim de que me concedam calma e palavras certas que possam convencer este homem desmoralizado a não tomar nenhuma atitude contra meu avô agora ou amanhã.

– O senhor atira, fere, mata, vai se incomodar na Secretaria.

Ele pára, me observa no fundo dos olhos. Acabo dizendo besteira:

– E não terá mais chance de comer a Adelaide, seu amor.

– Ele me degradou na frente do mundo, não tem perdão.

– Vingue-se dele possuindo-lhe a mulher. O senhor já tem nas mãos aqueles olhos, pernas, seios. Se não tivesse bebido tanto na noite do assalto já era sua. Agora é só tocar que cai. Não com palavrões e diante do marido, sim com a classe e elegância de berço. Estou disposto a ser o intermediário.

– Intermediário de bosta, rufião. Tu só sabes transar com gente inferior, negras, putas.

O sangue percorre fervendo todos os pilares do meu corpo e alma. Respiro fundo, chamo todos os orixás, contra-ataco:

– Insisto, sua desforra é a mulher. É a única alternativa. Se leva o caso adiante, o escândalo estoura e até dona Eduarda, uma santa, acaba sabendo.

Ele me soqueia o peito, me empurra:

– JÁ DISSE QUE NÃO PRONUNCIES O NOME DA MINHA ESPOSA.

– Está bem, está bem. Agora, pense comigo, não há como evitar que a história chegue até ela, impossível.

– E tu serias o primeiro a fazer a lambança, não é, neto dum corno?

– Jamais, doutor Constantino, jamais.

No instante em que me convida para beber alguma coisa no boteco ali adiante, sinto que estou virando o jogo.

– Tu consegues mesmo marcar um encontro com ela?

– Vou falar com ela, lógico.

– Vou te dar o número secreto de meu celular. Ninguém conhece, salvo o Secretário.

– Tudo bem.

Estaciono a caminhonete no pátio da casa da Carmélia. Ela me espera com sorrisos. Digo:

– Me dá um passe. Estou com uma infame divindade do mal nos ossos.

Solta uma risada que começa a me conduzir a outro espaço.

12

Dorme ainda a casa neste amanhecer. Faço a barba, me banho a pensar nas esponjas refrigerantes da madrugada na casa da Carmélia e saio às compras em silêncio.

Agora, na volta, súbito, me bate um pressentimento, me revisto todo, não há jeito de encontrar o papel com o número do celular do Constantino. Que droga! Bem, dou o número da delegacia para a outra e ela, se quiser mesmo, que se vire. Lavo as mãos como um belo mau-caráter.

É assim? Não, não é assim. Sou responsável, tenho de preservar a existência tranqüila de meu avô. Não devo permitir que a torpeza se introduza nas minhas veias como as drogas nos viciados.

Passo três dias sem ficar a sós com a Adelaide e com a consciência pesando, me deprimindo. Duma hora para outra pode chegar a intimação para o velho.

Trato de ir à delegacia e dizer com franqueza ao Constantino que perdi o número secreto. Bato à porta do escrivão que sabe digitar e pergunto se o delegado está no gabinete. O assessor me olha e diz com um tom imparcial:

– Qual delegado?

– O doutor Constantino.

– Pediu transferência pra outra delegacia.

– É mesmo? – me vem uma tontura prazerosa. – Já nomearam o substituto?

– Até posse já tomou.

– Como é o nome dele?

– Doutor Faustino Almeida.

Chego sem ar ao escritório do meu avô:

– O Constantino foi pra outra delegacia, acho que não registrou a ocorrência. Estamos livres.

O velho simula indiferença:

– Como é o nome do próximo?

– Me disseram, mas esqueci.

– São todos iguais.

Agora à tarde o Arnoldo bate à porta do meu quarto:

– Telefone pra ti, lá no salão.

É o Constantino a indagar de minhas providências.

– Perdi o número secreto.

– Então anota.

Escrevo o número.

– Não penses que porque saí desse bairro infecto que vou desistir da puta maravilhosa. Dá um jeito. Ainda estou no prazo de processar o guampudo do teu avô por agressão, desacato e outras merdas.

Está blefando ou não o desgraçado? No entanto, me desobrigo da missão. O velho continua fazendo a escrita no escritório. Abro a porta dos aposentos sem bater, a Adelaide assiste a um filme da televisão. Entrego-lhe o número secreto, explico-lhe que o homem segue babando por ela.

– Não quero nada com esse maluco.

– Por que foste lhe dar trela, então?

– Ele me raptou.

– Bem que topaste. Não fosse a bebedeira teria te feito. Telefona e diz que não. Tudo contigo. Te livra dele e salva teu marido. Tu sabes como fazer.

– E nós, meu querido, como ficamos? – o olhar é de arrebentar hormônios.

– Na mesma. Avó e neto. Tchau.

Pergunto ao Frederico Bauermann se me dispensa do jantar, o Arnoldo me substitui, e também se deseja que o leve ao médico amanhã. Me dispensa, tudo bem, não vai ser noite de movimento.

Me toco para o morro sem avisá-la. Ocupada com uma consulente, me diz uma negrinha sorridente. Vou fazer tempo na bodega sortida do Antero português. Peço um refri.

– Mudou o delegado da zona, sabia?

Dá um soco no ar como jogador de futebol:

– Deus é grande. Tava me levando pó com abuso e ainda exigia grana. Pura maldade. Mas vai vir o outro e fazer a mesma coisa.

Vamos caminhando visitar seu avô, que anda meio indisposto. A rua com asfalto é iluminada pelas luzes das casas de ambos lados. Sinto que olhos desejam nos devassar.

O presidente de honra toma café vendo o noticiário da televisão. Repentino, não se virando, fala com dicção lenta:

– Não aprovo nem desaprovo o caso, o romance de vocês. O ex-marido tem rondado nossas casas com o coração acelerado. Quer a Carmélia de volta, me disseram, não admite que peguem a mulher dele sem ao menos contribuir com alguma coisa pra sobrevivência do morro. Tenho medo.

Devo estar lívido. O velho insinua que preciso entrar no tráfico se quiser seguir com a neta.

– Vovô, o José não é do ramo e nunca será, se depender de mim. Tenha a santa paciência. Se o Jerônimo encostar um dedo nele, largo o morro ou volto para a África. O senhor sabe o que ele me aprontou, não é? Antes a morte que voltar pra ele.

– Seu Emílio, pra ficar com a Carmélia sou capaz de qualquer coisa – digo meio entontecido com o ambiente mágico, desconhecido.

– NÃO! – grita a Carmélia.

A xícara rola da mão do velho, o café se esparrama pela mesa e piso. Pedra de orgulho, ela não se mexe. Pego um pano e tento secar a camisa dele. Prende-me o braço, me fixa os olhos de Morgan Freeman e diz:

– Então o morro não é pra ti. Foge enquanto é tempo.

– Só fujo daqui com sua neta.

– Não tens a mínima noção do que estás dizendo, meu filho.

– Vamos embora, José. O senhor precisa de alguma coisa, vovô? Passou o mal-estar de hoje de tarde?

– Estou bem. Vão com cuidado e minha bênção.

O medo até ajuda a fazer com ela um amor transcendente, cósmico, que nunca imaginei existisse. Não tenho mais dúvidas de que me enfeitiçou. E se é feitiço, desejo-o por toda a vida.

Conto para ela, sorri.

– Estou me afeiçoando a ti. E a gente mal se conhece. Sem vaidade te digo que já recebi dezenas de cantadas e propostas. Não queria nada com ninguém, não quero depender de ninguém. Até que surgiste, José. A mesma idade e a mesma desesperança.

– Como desesperança? Estamos começando a vida. Não vou jogar fora a felicidade de viver contigo.

– Como te disse, mal te conheço – ela esboça um sorriso triste.

– Também não te conheço, não me conheces, não nos conhecemos, mas estamos juntos e eu tenho a coragem de dizer, sem errar, que te amo. Tens coragem de dizer que me amas?

– Tenho. Te amo. Se te meteres no tóxico, te mato. Me beija.

– Nossos corpos se conhecem e se dão bem. Pra que se conhecer mais?

– Então me beija, José.

Saio como dum sonho da casa da Carmélia.

Vou apanhar a caminhonete na frente da bodega fechada do seu Antero. O morro dorme. Tenho a impressão de que sou seguido. Ao tentar abrir o veículo, dois caras com touca ninja me empurram contra a parede do boteco. Um me dá uma porrada no estômago, outro vem com ambas mãos e tenta me estrangular. Enrijeço os músculos, abaixo o pescoço, escolho arfando um dedo atrás, repuxo-o, ouço o estalo e o berro de dor do ninja:

– Ele me quebrou o dedo, me quebrou, ai, ai, vamos apagar o filho-da-puta.

O outro me soqueia o estômago, não me atinge a cara. Resisto à investida feroz com pontapés e socos no vazio, porém dou sorte e o acerto no nariz. Ele se afasta limpando o sangue que escorre.

Quando penso que me livrei do ataque, surge um terceiro e me enfia o cano do revólver na boca, grita:

– Agora chega. Primeiro e último aviso, branco de merda. Não aparece mais por aqui. Tu pensa que é só chegar, pegar mulher e sair abanando, todo frajola? Este aqui é o Maria Degolada e eu mando nesta porra, já ouviu falar no Jerônimo? Sou eu. A lei aqui é: ou vende ou compra nosso produto, tá entendendo? De graça nem merda, tá bem, sacana, putão. Outra vez vou te receber com bala. Agora, te manda.

Desço devagar, forçando calma. Estive dançando na mais alta esfera e agora não há jeito de me livrar do pavor da morte. Aqui no asfalto penso em ligar para o telefone dela, não, se assustaria com o som medonho que sairia de minha goela.

Aqui na cama, as pernas tremem, o queixo bate, a transpiração ensopa o lençol. Viro para o lado e busco o sono com as luzes da outra, porém o brilho da arma não se desvanece.

13

Acompanho o vovô ao consultório do doutor Tom.

– Teus exames estão bons, alemão sacana. O fígado está no limite, corta a bebida.

Acende um cigarro, limpa as lentes dos óculos de aros escuros e pergunta rindo:

– Como é que andas de tesão?

– Mais ou menos.

– Mais ou menos é não ter tesão. Vais querer me enganar, cachorrão? Olha pro teu neto e pergunta se tem tesão. Bom, ele não vale; com vinte anos a porra sai até pelas orelhas. Como é que tu estás, gurizão? Não tou gostando de tua aparência. No fim do ano, trata de botar uma faculdade no corpo; a geração dos Bauermann só sabe trabalhar em restaurante?

– Vou passar – digo com desânimo.

– Quanto a ti, velho brigão, vou te receitar o comprimido milagroso. Toma sem medo pra dar conta daquele mulherão do caralho. Come bastante, antes que os malandros comecem a se chegar.

O Frederico Bauermann escuta em silêncio com meio-sorriso.

– E o teu restaurante pretensioso?

– Indo.

– Continuas barrando os crioulos? – o médico pisca para mim.

– Sim.

– Mas, velho de merda, tu não te deste conta de que discriminação racial é crime?

– Pouco me importa, Tom.

– Quê? Qualquer dia te prendem, processam, te lacram o restaurante.

– Não faz mal. Já te disse que o negro entra lá e baixa logo a freqüência, tenho prática. Por quê? Porque os que gastam com comida e bebida querem ambiente limpo, sem a presença do crioulo. Eu não sou racista, os que têm dinheiro é que são racistas. Já cansei de te explicar.

– Me diz outra coisa, me contaram que correste um delegado a revólver, é verdade?

– É. Não tive opção. Na minha frente, chamou a Adelaide de sua puta preferida.

– Fizeste bem, Frederico. Mas abre o olho que qualquer dia te enrabam.

– Que é que eu vou fazer.

– Bem, fim de papo. Não te metas a querer pagar a consulta. Já avisei a Hemengarda que rasgue teu cheque. Então, já sabes, remédio pro colesterol, nada de bebida por quinze dias, um comprimido uma hora antes da transa e ferro na boneca, velho teimoso, patife, te conheço desde os tempos de nossa cidade natal.

Com o rabo do olho reparo que abriu o sorriso. E eu com o estômago doendo das porradas. A Carmélia está por dentro?

Depois do almoço, me encontro com ela no café do shopping. Toda de branco, andar vanglorioso, só podiam se virar para olhá-la. Sorri.

– Uma hora inteira pra ti.

– Sabes que me proibiram de transitar no morro?

– Quê? Quem?

– Me atacaram e me bateram quando saí da tua casa. Também bati e quebrei o dedo de um deles. Senti o fedor da morte. Teu ex me pôs um revólver na boca e disse ou entro na droga ou não entro lá.

Os olhos crescem, a voz se fragiliza:

– Que horror, meu querido.

Mudo o tom de queixa e passo para o do bacana:

– O Jerônimo é bonitão, hem? Falou com raiva: "Tu achas que é pegar a mulher da gente e sair todo bosseiro? Tem de trabalhar." E agora, Carmélia, não posso, não quero, não devo te perder.

Me olha séria, intensa, como se quisesse dividir sua alma comigo, e a meia-voz:

– Se entrares no tráfico estás perdido pra ti e pra mim.

– Não vou entrar no tráfico, mas como é que a gente vai se amar tranqüilo?

– Eu desço sempre que puder, não tá bem assim? – ela me beija a mão e me olha com agonia.

– Nada bem. Quero morar contigo, ser teu – as dores seguem me latejando na boca do estômago e no pescoço.

– Também tenho meu trabalho.

– Te muda pra cá. Teus clientes não te abandonariam.

– Lá em cima é que existe atmosfera para o que eu faço.

– Que atmosfera? Tu é que és a atmosfera. Eles te vêem e se tornam translúcidos e aí entras com tua conversa bondosa.

– Não acreditas mesmo na minha vidência, né?

– Acredito na tua alta beleza e inteligência. O morro só cria medo, Carmélia.

– É mistério. E o vovô me protege.

Permanecemos com nossos pensamentos, sem olhares, por alguns instantes. Cortaremos aqui nosso caso, namoro?

– E se teu avô conseguisse um salvo-conduto pra mim?

Ela desfralda a brancura dos dentes com alegria:

– Vou perguntar pra ele.

– Quero casar contigo, Carmélia.

– Calma, nem nos conhecemos direito.

– Pensei que a gente tivesse resolvido este assunto ontem.

– A carne pode enganar, vamos esperar.

– Não sei lidar sozinho com a entidade que me passaste. A carne é a verdade.

– Também não sei, mas alguém tem de pensar – diz com serenidade.

– Tu és bruxa.

– Que te ama.

– Eu também – digo.

Vou com ela à fila do táxi, orgulhoso de caminhar a seu lado. Tento lhe alcançar a grana da corrida, de jeito nenhum. Me beija irradiando luz, vida.

No estacionamento percebo a Adelaide toda faceira e provocante, óculos escuros, a entrar sem nenhuma prudência no carro novíssimo do delegado. Meio conivente, não tenho o direito de me abismar. O cretino conseguiu o encontro, a frívola desesperada vai pagar para ver. Tenha, ao menos, discrição para não ser descoberta. E se o velho, de comprimido milagroso, exigir à noite, ela vai ter as aptidões de fingimento das grandes infiéis? Duvido que o Constantino vá satisfazer essa linda cachorra em cio permanente.

Na minha reconhecível caminhonete sigo-os de longe. Algumas quadras e dobram para o interior de manjado motel.

Consigo ler compreendendo algumas páginas de biologia, apesar das dores na musculatura do abdome. Pego a química, duas páginas e vou dormir.

No final do jantar, minha maga telefona, o seu Emílio vai falar com energia com a quadrilha para me liberaram o morro. Grande, falo.

A consciência diabólica afina-me os ouvidos e assim levo parte da noite a medir a intensidade escandalosa dos gemidos da Adelaide. A artista recebe nota dez pelos gritos excitantes. Perfeita. Amanhã o velho terá um brilho bom nos olhos.

14

Ela é que os tem iluminados quando invade o quarto com o dia nascendo. Conta sem entusiasmo que foi com o Constantino.

– Vi os dois entrando no motel. Acho que ele fez questão que notasse vocês. Cuidado, esse cara é bandido, meio louco.

Não sabe como esconder os chupões do ventre e traseiro. No escuro o velho nem reparou. A conversa me dá nojo com remorso. Mostra-me o violáceo do vampiro. Esfrego os olhos para não querer ver de novo.

Deita a meu lado cheirando a dentifrício e sussurra:

– Não sei ainda o que é o prazer.

– E os gemidos da noite?

– Falsos, o velho demorou.

– Com o tempo vai vir pra ti, paciência.

– Talvez venha contigo, quero tentar.

– NÃO.

Tapo-lhe a boca e com força a empurro para o corredor. Chuveiro frio para as dores no estômago e desligar a corrente das veias dilatadas e da consciência.

Durante as compras matinais, um negro forte, dedo médio gessado, discute com um verdureiro meu conhecido. Coisa de falta de pagamento das drogas, parece. Sei que o negro grande pega o feirante pela garganta falando que, se não pagar até amanhã, vai destruir sua carga. Chego por trás, separo o anular da mão que está esgoelando e o repuxo com força. Esbugalha os olhos num grito e sai correndo por entre as carroças. O morro cada vez se torna mais difícil para mim, que azar.

O seu Virgílio me agradece a intervenção e eu ainda ofegante digo:

– Não se meta com a droga, freguês.

– Não me meto, eles é que me obrigam a comprar e vender. É uma tortura.

– Faça queixa na polícia.

– A polícia periga me matar antes dos traficantes.

Depois do almoço, pergunto à Carmélia se o salvo-conduto já está valendo para uma consulta ao menos. Responde sim, às três horas, com estranha gravidade na entonação. Não vou levar a consulta a sério, quero é vê-la, porém não dá para desrespeitá-la.

Subo pelas ruas de asfalto irregular com temor de que súbito me aconteça algo inesperado. No entanto, o calor aquietou os moradores. Chego livre. Uma senhora branca, com roupas caras, está saindo da Tenda da Luz, esperanças nas feições.

A Carmélia me faz passar ao local conhecido. Me trata com polidez profissional. Seu jeito concentrado refreia-me a vontade de rir.

Fecha os olhos e reza uma oração numa língua que ignoro. Abre-os e fala com unção:

– Alma perdida num corpo límpido.

Deixo-me levar um instante e estremeço com o que flui dos meus lábios sem eu querer:

– Mãe dos amores, me ouve.

Ela joga os búzios e murmura;

– A outra não te deixa em paz, não é?

– É isso.

– Estás jurado por alguém aqui do morro.

– Quebrei outro dedo pela manhã.

– Te cuida que pode te pegar.

– Com dois dedos quebrados?

– Tem a quadrilha.

– O que os búzios falam de nós?

– Não está muito claro – ela diz circunspecta.

– Reza pra outra me largar de mão e eu nunca deixar de te amar.

Pálpebras cerradas, entra em si e murmura outra reza incompreensível. Ergue-se, agora de olhos abertos, espalha incenso com um pequeno turíbulo e após me dá um passe na cabeça, ombros, pernas, braços, me sinto leve e digo:

– Desejo que me contagies de amor para contigo e me transmitas teu amor para comigo.

Parece ter saído do transe e sequer ter escutado o que pedi. O silêncio do universo me envolve por segundos. Volta a ser ela própria quando sorri.

– Tens outro cliente agora?

– Sim – torna a sorrir.

– Te chamo à noite.

– Está bem. Te cuida.

Crença e descrença perpassam pelo pensamento. O que importa é que ela faz correr em mim uma espécie de poesia.

Abro a porta da caminhonete: me assusto com a escuridão repentina. Me cobrem em silêncio com um capuz, um cara me cutuca os rins com o que julgo ser um revólver. Não posso entrar em pânico, é necessário reter o mínimo da poesia de instantes atrás.

– Nem um pio, branquela de bosta, vamos adiante.

Me conduzem morro acima, morro abaixo, esquerda e direita. Resolvo falar que o seu Emílio me garantiu um salvo-conduto.

– Cala a boca. Seu Emílio é figura decorativa.

Obrigam-me agora a subir quatro ou cinco degraus de uma casa em que logo ouço vozes e sinto o cheiro de maconha. Me sentam num duro banco. Reconheço a voz do tal Jerônimo, o ex-marido da Carmélia:

– Bem, velho, chega. Numa boa e sem papo-furado te ofereço uma chance de ganhar bastante grana. Não vais te incomodar com nada. Levas o pó e deixas no restaurante, os usuários se encarregam do resto. Quero só o ponto central daquele restaurante. Se não quiseres responder hoje, aguardo alguns dias.

– Não vou me meter no tóxico e colaborar pra matar mais gente.

– Conversa mole de quem não sabe o que fazemos aqui, alemão de bosta. Decerto já te disseram que com o dinheiro dos entorpecentes que vocês burgueses aspiram ou injetam nas veias, porque gostam e se maravilham, nós construímos duas escolas, uma igreja, creches e asfaltamos várias ruas, está ouvindo? Ninguém da prefeitura nos alcança alguma coisa, nós é que garantimos a mão. Fim pra conversa, escolhe: pegar ou largar. Só uma coisa: SEM UMA RESPOSTA POSITIVA, ESTÁS PROIBIDO DE PISAR NO MORRO. PROIBIDO. Agora levem de volta esse cara...

Vão me impelindo morro acima e abaixo, em ziguezague. Me ajeitam no banco da caminhonete, me desamarram as mãos. Um cara de voz grossa diz:

– Só tira o capuz quando contar até trinta. Te cuida, cara, mesmo com dois dedos com gesso sou capaz de te dar um tiro na mão, no pé. Começa a contar, babacão.

Arranco o capuz, meu corpo treme. Seco com o capuz de aniagem o suor escorrendo. Não posso chegar em casa deste jeito, nem apelar à Carmélia, que talvez ainda esteja com algum consulente.

Estaciono em frente da bodega do português. Peço para ir ao banheiro com urgência. Vomito e evacuo para valer. Alguns bons minutos para o acerto da respiração. Lavo o rosto, o peito. No instante em que mal consigo articular alguma coisa com o seu Antero já estou menos sujo no corpo e no espírito:

– Eles querem me obrigar a vender a droga, estou chegando do ponto deles, o do Jerônimo, acho.

– Não entra nessa, rapaz, resiste. Quem entra, se fode. Pra sair depois, só morrendo – diz o português com a calma cínica dos que estão acostumados, sem volta, com a contravenção.

– Se não topar, me barram a entrada no morro.

– E o que é que tu queres com a merda deste morro?

– Gosto de uma pessoa.

Ele dá uma risada irônica que me tortura.

– O segredo é raro por aqui. Me admira que um rapaz com estudo se engate numa mulher só porque pensa que ela é diferente com suas bruxarias. Essa é de cabo de esquadra. Teu avô está por dentro?

– Não interessa. Ela é uma pessoa boa, decente.

O português acende um cigarro, põe cachaça num pequeno copo, empina o líquido, me oferece uma dose, agradeço dizendo que acabei de vomitar. Esfrega o bigodão clássico e diz:

– Se tu gostas dela, está bem. Leva então a menina lá pra baixo, inventa uma vida. Aqui é o inferno.

– Mas e o senhor?...

– Estou velho, acabado. Tenho mulher, filhos mais ou menos encaminhados. Não há mais saída. Vou nadando na corrupção. Pra me salvar só morrendo, e não morro por causa da mulher velha e dos garotos que mantenho afastados. Compreende?

– Compreendo. É uma desgraça. O senhor já experimentou?

– Duas ou três vezes. Não prossegui porque tenho medo de mim.

– Seus filhos podiam levar o senhor pra cidade.

– Os bandidos não deixam, iam atrás. Repito: depois que se entra, só morto pra sair. Menos mal que meus filhos estão se salvando. À custa da morte dos outros, vão levando a vida.

15

Enquanto retorno para casa, a tentação vai me agarrando. Com a venda do pó, escondido, sem que o avô veja, ganho grana também para ajudar meus pais, irmãos e passe livre no morro.

Não adianta, a Carmélia descobre na hora e me manda em frente. E não quero saber de outra. Separou-se do Jerônimo apenas por causa da droga ou entre ambos aconteceu alguma coisa inconfessável? Desacordo com os corpos? Promiscuidade dele? Sei lá.

O que importa é que nós nos acertamos de início e ela quer distância da droga, embora viva no ambiente do narco e o avô tenha sido um traficante poderoso, algumas vezes preso, conforme se queixou depois de um êxtase comigo que não imaginava.

Tomo um sal de frutas para o estômago e uma ducha fria. O velho me ataca no corredor e indaga se sei onde a Adelaide se meteu. Dirige-se ao escritório, vou atrás.

– Não sei. Quem sabe foi ao dentista.

Telefona para o consultório, não tem hora marcada. No tempo de no mínimo dez segundos meu avô permanece num estado de autismo. Bate na escrivaninha com violência e sussurra patético:

– Essa mulher está na rua desde o começo da tarde. Que miséria! E tu aonde foste?

– Ao cinema no shopping.

– Cinema? Não vou ao cinema faz vinte anos.

Vontade de atorar o ciclo das mentiras e berrar que tenho uma namorada negra, estou prestes a ingressar no subsolo lucrativo da droga, que a Adelaide transa com o delegado, que a vida está se tornando uma legítima bosta.

Porém, a voz de mambira interrompe minha veleidade tenebrosa:
– Olá, querido Fritz, estava nas lojas gastando teu dinheiro.

Quarenta e oito horas sem contato com minha sensitiva. Não telefono com receio de que suponha que eu esteja no mundo da droga. Me chama quando já estou checando os garçons. Sabe por cima que fui levado à força ao esconderijo do Jerônimo, lamenta, implora que resista e me convida para uma sessão de candomblé à noite.

Peço mais uma vez licença ao velho para me ausentar: não vai haver movimento bom, o Arnoldo sabe das coisas, quebrará bem o galho.

– Que porcaria! A mulher se some, o neto pede dispensa pra fazer sei lá o quê. Vou fechar esta droga.

Subo o Maria Degolada sem preocupação.

Dou-lhe carona até o terreiro que pertenceu à avó e à mãe, conforme vai me explicando. Está nervosa com o que me aprontaram, não está certa de que possa incorporar daqui a pouco. Me dá um beijo na face me consolando. Sua avó e sua mãe foram ialorixás. A mãe desencarnou por causa de uma bala perdida numa batida feroz da Brigada, faz dez anos. Penso em que lhe pode descer uma lágrima, suavizo:

– Era bonita como tu?

A lágrima rola, me arrependo e lhe beijo a face.

– Depois preciso falar sério contigo.

O local do terreiro está rodeado de carros novos. Alguma senhoras bem arrumadas se abanam neste começo de noite estival. De propósito sento ao lado da mulher do Constantino.

Ressoam os atabaques e tambores. Quatro moças afro-brasileiras dançam graciosas no ritmo, sacudindo as saias rodadas. Cantam cerimoniosa canção cuja letra é enigma para mim e dona Eduarda.

Surge a ialorixá Carmélia, vestindo uma bata alvíssima. Começa a se requebrar, ergue e estica as pernas para os lados e movimenta os braços com delicadeza, é o solo de um balé. Os atabaques e tambores aos poucos resolvem tornar o ritmo mais lento. Ela se contorce, se abaixa, gira a cabeça, arregala os olhos, em seguida os cerra, se ajoelha e, com voz estranha, diz alto:

– Abençoados sejam os presentes de corações limpos. Eu sou a mãe de Carmélia, meu pai já foi mau, hoje é bom. Aqui no terreiro tem gente que deseja trilhar o caminho do diabo, mas minha filha não permitirá. O morro está vermelho de sangue. Os criminosos estão desgraçando a vida de todos. Quem não cultivar a pureza em seu coração, jamais alcançará a felicidade.

Súbito solta um grito agudo e cai desfalecida, parece. A dona Eduarda me segura o braço, me viro e acho bondoso o descarnado rosto de coruja.

A Carmélia principia a respirar, ainda bem, mas com dificuldade. Os pômulos da face ressaltam-se. Juro que depois lhe arrancarei a verdade sobre a mulher do Constantino e lhe direi com toda a alma que viver longe dela é namorar a morte.

O seu Emílio me estende a mão e num abraço me diz que preciso me defender com bravura do ex-genro e conseguir o poder milagroso de retirar a neta do ambiente do pó e do sangue. Enquanto é tempo.

– De que jeito?

– Teu espírito ainda não foi contaminado – e me dá as costas.

Tenho a impressão de que o velho não regula mais direito.

No trajeto de volta, ela quer saber se posso dormir com ela, vai preparar antes uma comida dos bons deuses do candomblé.

– Que pergunta!

Enquanto mexe na frigideira uma excêntrica mistura de ervas e camarões, indago se não tem cerveja na geladeira. Replica:

– Tem chá gelado com plantas africanas.

– Africanas?

– Eu trouxe algumas caixas da Cidade do Cabo.

Provo o chá africano, gelado é bom, gosto agridoce.

– Carmélia, minha bailarina gloriosa, vais me desculpar uma coisa. Sentei ao lado da dona Eduarda e tenho de saber qual o problema, o mistério dela com o Constantino. Não vai haver tanta quebra de sigilo, se me contares. Afinal ele está se metendo com a Adelaide, que não passa duma caipira fogosa. Tenho receio que cometa alguma maldade dos diabos contra a miserável.

– Tá na cara que casou com ela pra se arrumar. A família é rica, ela também. Deitou com ela poucos meses e parou. Nunca mais. Ela anda atrás dum outro malandro interesseiro, consegui convencê-la a desistir. Então houve a complicada coincidência das flores que mandaste, te lembras?

– E ele, quem é ele?

– Superviciado em drogas, corrupto, malvado, sádico, tudo o que um ser humano não deve ser.

– Por que ela não se separa?

– Pavor da solidão e um pouco de vergonha da família.

– Bem, não há nada de misterioso.

– Que é que tu esperavas?

– Pensei que ele sugasse o sangue dela.

– Que fantasia malévola, José! – ela acha graça.

– É tão magra, amarela, subnutrida.

– É a natureza da pobre. Só uma coisa: guarda distância desse cara e tenta afastar a Adelaide de suas garras. Ele não pode mais ser homem. Sei o que estou dizendo. Entre a droga e o sexo, escolheu a droga, acabou. Chega. Vamos tratar de nossa vida. Vou tomar uma ducha rápida e já comemos.

– Vou junto.

– O box é pequeno e gosto do teu cheiro.

– O teu é afrodisíaco.

– Vai tomando o chá que vais sentir o que é afro.

Bebo o chá a ouvir a água e a aspirar o aroma de seus óleos. Ressurge com uma bata azul-celeste que me incendeia.

– Vamos comer primeiro – os dentes alvos.

Comemos o refogado de camarão, gosto demais, peço a receita para o restaurante. É dos arcanos da África, não se pode revelar.

Durante o enlouquecido amor temi que falasse como a mãe: sua voz apenas articulou sons do próprio coração.

Bom tempo depois, serenada, fala:

– Te peço de joelhos que não cedas ao canto das drogas. Olha o exemplo do Constantino.

– Do Jerônimo também? – sou indiscreto.

– Eles te disseram que o restaurante é o ponto de que precisam?

– Sim.

– Estão te engambelando, amado.

– Sim. Me fala do Jerônimo.

– Outra noite. Esta foi tão boa e queres estragar.

– Desculpa. Te lembras do que disseste no terreiro?

A resposta é um sorriso.

16

Na hora do jantar, o Arnoldo e o Marcondes me alertam:

– O doutor Constantino furou a segurança e está sentado com um senhor na 17.

Transmito lá dentro o recado para o meu avô.

– Deixa a coisa acontecer. Fico aqui com a Adelaide.

No salão não faço nada a não ser o usual. Evito me virar para a 17. O Marcondes me fala que o senhor ao lado do Constantino é o novo delegado da zona, deseja cumprimentar o proprietário.

Chego à mesa deles, mesura ligeira ao homem da lei, não olho para o outro.

– O proprietário está amolado com gripe. Eu o cumprimento em nome dele.

– Prazer. Sou o doutor Faustino Almeida, delegado. Tenho informações de que se come muito bem aqui, embora o comportamento com pessoas de cor seja criminoso.

– Em nome de Frederico Bauermann lhe digo que empregamos várias pessoas de cor negra. Meu avô alega que impede a freqüência deles para o bem-estar visual e segurança da pequena burguesia. Sou contra, entendo que é crime. O senhor se dignaria a entrar aqui caso houvesse predominância dos pretos?

– Claro que sim – diz o doutor Faustino Almeida.

– O senhor é igual a mim, então.

– Avise o proprietário que, se for registrada alguma queixa, serei obrigado a tomar as providências legais.

– Está certo. Qual o uísque de sua preferência? É cortesia da casa.

O Constantino desde o começo não tem como dominar os movimentos trêmulos das mãos. Com passos inseguros se dirige à toalete.

O Marcondes serve um uísque duplo ao doutor Faustino. Homem corpulento, porém não gordo. Desfilo para ele as especialidades da casa. Escolhe o prato mais complicado, elogia a qualidade do uísque.

Retorna o Constantino, movimento das mãos dominado, pupilas dilatadas.

– Onde se meteu a Adelaide? – inquire autoritário.

– Nos seus aposentos.

– Quem é a Adelaide? – pergunta o novo delegado.

– A mulher da minha vida. Vai chamá-la depressa.

– Não posso, está doente – viro-lhe as costas.

– ADELAIDE!

A voz aguda repercute no salão que nem um alto-falante distorcido.

Ele se levanta e caminha trôpego no sentido dos fundos. Derruba a bandeja do Arnoldo, esparramando pratos com comida.

– ADELAIDE!

Sigo-lhe os passos alucinados. Abre a segunda porta à esquerda do corredor, invade os aposentos chamando com gritos desesperados pela ADELAIDE.

Meu avô cresce na sua frente com uma faca de mesa na mão:

– Sai já daqui, seu bêbado indecente!

– Sai da minha frente, velho corno, quero a Adelaide, só eu mereço a Adelaide.

O Frederico Bauermann empurra-lhe a cara contra a porta aberta. O miserável drogado estatela-se ao comprido no corredor, sem uma palavra. Ajudo-o a erguer-se. Reequilibra-se, puxa dos pulmões o último ar para o grito:

– ADELAIDE. Vem comigo. Me salva que te salvarei. ADELAIDE.

Ela surge atrás do velho, que está preparado para enfiar a faca no outro e grita:

– Não machuca ele, VELHO, não machuca ele.

– Cala a boca, cretina! – e a empurra com violência para o interior dos aposentos.

Antes que eu veja e possa impedi-lo, se atira contra o indefeso drogado e lhe dá um golpe com a faca na orelha esquerda. O sangue mal brota, porém mancha a roupa do apaixonado. Que merda!

Tomo-lhe o braço e o conduzo ao longo do restaurante a escutar os brados do meu avô:

– Se aparecer aqui de novo te mato, seu ordinário!

O Constantino vai oscilando a meu lado, não se entrega:

– Adelaide, não me abandones. És minha vida, Adelaide.

O restaurante está suspenso, atônito com os berros e a nódoa de sangue na orelha do homem alto e magro levado por mim.

Na passagem explico ao delegado a ocorrência em sintéticas palavras, peço ao segurança que ataque um táxi. Acompanho o Constantino à emergência do hospital do bairro. Não cansa de balbuciar:

– Adelaide, Adelaide, minha salvação...

O corte é superficial, diz o enfermeiro, uma sutura simples e tudo fica oquei. Nem me surpreende o gesto do infeliz: encontra no bolso um papelote e sem cerimônia aspira o conteúdo narinas adentro, sem espalhá-lo antes sobre uma superfície lisa.

Deixo-o em seu edifício, peço ao taxista para esperar, pergunto ao drogado sobre as chaves de seu carro, se lembra que não saiu com seu automóvel.

– Diz à Adelaide que sou dela.

– Cuidado, não vá pronunciar o nome dela perto de dona Eduarda, hem?

– Vai pra puta que te pariu.

O restaurante está às escuras.

– O novo delegado mandou fechar e prender o seu Frederico – me conta o Arnoldo angustiado.

Acalmo a Adelaide, telefono para o advogado do vovô e me dirijo à delegacia.

17

Numa cela para duas pessoas, sentado numa cama junto à parede, o velho segura a cabeça com as mãos. Através das grades, lhe explico que o doutor Godofredo está chegando. Ergue-se com firmeza, numa atitude de quem não quer desistir:

– Não faz mal que fique preso, mas não me deixem fechar o restaurante.

O inspetor entrega a ocorrência ao advogado.

– Lesão corporal logo num delegado? – me pergunta.

Faço-lhe um relato sucinto, assédios escandalosos à mulher do meu avô, a cocaína, a briga, o socorro imediato no hospital.

– Ela correspondia?

– Claro que não, doutor Godofredo.

Vou junto à cela. O magro profissional da lei, com voz penetrante, alta:

– Frederico, te enrolaste, onde se viu se meter com um delegado. Continuas cada vez mais louco, homem de Deus?

– Deixa de conversa. Ele ofendeu minha mulher. Não me arrependo. Faz de tudo pra que o restaurante abra amanhã mesmo.

– Amanhã te solto, vais responder a processo. Entro com um *habeas* em seguida. Vou dar um jeito no restaurante. Vais ter de dormir aqui hoje.

– Não tem importância.

– Boa noite.

– Não quer que lhe traga um pijama, remédios, vovô?

– Não. Cuida da outra.

A outra está ferrada no sono. Melhor.

Ao primeiro sinal do dia, levanto. Tomo café, bato na porta dos aposentos da Adelaide, não contesta, abro e entro. Acende a lâmpada do abajur e fala sonolenta:

– Te esperei toda a noite, só agora me apareces.

– Deixa de ser doida. Teu marido preso e tu dizendo besteira.

– Gostar de ti não é besteira. Vem, tesão da minha vida.

– Separa camisa, cueca, aparelho e creme de barba, escova de dentes. Vou levar pra delegacia. Diz ao Arnoldo que fique preparado pra abrir a qualquer momento. Pergunta à Francisca o que falta que na volta faço as compras. Tchau, juízo.

– Tchau, meu amor.

Ainda cedo entrego a sacola ao responsável.

– Aparelho de barba não pode entrar.

– Ele já tomou o café-da-manhã?

– Sei lá. Deixei pra ele café, pão e mel.

Espero. A repartição aos poucos renasce, os funcionários estão chegando devagar. Assim que o delegado Faustino aparece, corro atrás.

O digitador me barra na porta. Argumento que é assunto urgente, de interesse da própria delegacia. Passam cinco minutos e me faz entrar.

– Peço licença para lhe contar fatos pregressos do ocorrido entre o doutor Constantino e meu avô.

Não omito nada, sequer o gênio violento do velho, os caros vícios do Constantino, suas relações com o morro. Apenas escondo que a Adelaide e o delegado se encontram em duas ou três ocasiões. Devia contar.

– Pouco importa. Teu avô esfaqueou um homem da lei, está ferrado. Se escapar dessa terrível e inominável ocorrência, amanhã ou depois alguém acerta as contas com ele, não tenho dúvidas.

Está condenando sumariamente meu avô no exato instante em que o escrivão entra e comunica que o advogado Godofredo Leão deseja audiência urgente com o delegado.

– Mande-o entrar.

– Bom dia – diz o advogado. – Passo-lhe às mãos o *habeas corpus* em favor de Frederico Bauermann, e a ordem judicial para que mande deslacrar o restaurante de sua propriedade.

– Assim será cumprido – disse o delegado com má vontade.

Já em casa, próximo do almoço, digo a meu avô que os últimos distúrbios baixarão o movimento.

– Se caprichamos na comida, limpeza, serviço, atendimento, os clientes acabam voltando. Esmero acima de tudo, nem que seja para receber uma única pessoa.

A freqüência foi reduzida: dez pessoas do meio-dia às duas.

– Telefone pra ti, no balcão – me diz o Marcondes.

É o Jerônimo, o ex-marido da Carmélia, me convidando, todo jeitoso e amável, a dar um pulo à tarde no morro. Desconfio, mas concordo. Eles me localizam.

Estaciono a caminhonete na frente da bodega do seu Antero. Não demora surge não sei de onde o negrão dos dedos quebrados. Recuo na defensiva.

– Calma, estou numa boa. Me segue.

Subo e desço, viro à direita e à esquerda, a casa da Carmélia ficou para trás. Ao lado de uma imensa figueira copada aparece a alvura de uma casa de tamanho considerável, alpendre na frente, janelas enormes. Um sujeito louro de barba crescida abraça uma metralhadora de pequeno porte.

Sem se fazer esperar, aparece todo de branco o Jerônimo, chefe da principal quadrilha:

– Zé Alemão – diz me servindo uma limonada com gelo –, senta tranqüilo, vamos tratar de negócios.

– Houve bronca com o delegado Constantino, o restaurante agora está mais visado, é perigoso – me precipito nervoso.

– Já sabemos – sorri o bonitão, o ex, sóbrio.

– Não é a hora – tiro o corpo.

– É a melhor hora. Os brigadianos vão curingar, fiscalizar a entrada dos pobres negros pra dar o bote em caso de bagunça, e tu só na moita vendendo pedras e papelotes.

– Vamos deixar para outra oportunidade.

– Não adianta ganhar tempo, Zé Alemão. Presta atenção, bonitinho – diz o Jerônimo com tom pausado –, tu já eras pra ser apagado há dias, quando partiste outro dedo do Julião. Mas, como és o bruxo da Carmélia, resolvi adiar. E te dar trabalho. Presta atenção, cara. Não estamos aqui pra brincadeira. A natureza do morro é animal. O que manda aqui é a força brutal, a morte. A violência é que organiza nossa vida.

– Não quero e não posso me envolver com vocês. Não me imagino ser narcotraficante. Vou estudar, me formar.

– Pra quê? Tirei o segundo grau, não arrumei um puto emprego. Três anos depois a Carmélia se formou. Não conseguiu porra nenhuma, acho que se casou comigo pra se ajeitar. Só por causa de umas porradinhas fugiu e foi se fresquear na África. Voltou com uma mão na frente e outra atrás. Pobre é pobre. Só o pó cor de neve salva o negro pobre.

– Muitos negros pobres se fizeram na vida.

– Lambendo o saco e o cu dos brancos.

– Não é verdade.

– Tu achas que o pessoal daqui gosta de mim?

– Sei lá, não me interessa.

– Me odeiam, cara, querem me ver morto. Me encobrem, torcem por mim porque encho o rabo deles com comida, remédios, arranjo vaga no hospital à base da grana. Se eu não ajudar, o povo me trai, me vende.

– Robin Hood do narcotráfico e do morro.

– É isso aí, cara. Agora chega de papo. Vais levar uma sacola cheia de pedras e alguns papelotes de coca. Cuidado, valem uma grana federal. Se extraviares, vais pagar tudo.

– NÃO VOU LEVAR NADA.

Dois caras brancos e grandes saltam e me imobilizam. O organizador levanta e diz sereno:

– Vais levar sim, babaca. Não vês que o dinheiro vai correr que nem um rio pros teus bolsos? Sem nenhuma força. Os viciados logo descobrem teu ponto e estás feito. O acesso ao morro é complicado, reconheço.

– Não quero, não posso, tenho pais, irmãos. Não posso trair meu avô. Levo e entrego tudo na polícia.

– A polícia fica com tudo e quem vai pagar a conta é tu. Agora é tarde. Chegaste aqui, transaste com a Carmélia, gozaste bastante, é a hora de pagar. Vender ou morrer. Agora te manda. Os celulares vão monitorar teus passos. Boa viagem, bons negócios. Entramos em contato contigo pra te dar a cotação do dia.

18

Não há jeito de encontrar a Carmélia ao longo do dia. Escondo a sacola proibida dentro de uma valise, guardo a chave.

Ressoa a música do celular, ah, sua voz ordena minha idéias. Conto-lhe tudo, sem encobrir nada, e, com maldade, falo das pequenas porradas que o Jerônimo lhe aplicou.

– É verdade. Fugi dele, do morro. O facínora ficou com todas as minhas roupas, nunca devolveu. A droga enlouqueceu o cara.

– Ah, Carmélia, me sinto uma árvore à beira do precipício.

– Calma, rapaz, respira fundo. Em primeiro lugar, não toques na droga. Hoje mesmo a gente devolve tudo.

– A gente?

– Isso. Vou lutar contigo. Pensas que não tenho coragem de devolver essa porcaria? Não vão levantar a mão pra mim. Também tenho prestígio aqui, não atendo a toda essa gente? Meu avô me protegerá, os santos também.

– Espero que tenhas razão, Carmélia de minha vida.

– Vai dar certo. A lei é não começar, que nem o cigarro. Imagina agora traficar. Estive hoje com dona Eduarda, o estado do marido é o fim do mundo. Quer abandonar e não consegue. Um terror: caminhando por toda casa a gritar por um pico, uma fungada por amor de Deus.

– Tem de ser internado. Vamos fugir deste submundo, Carmélia. Aqui em casa é só confusão. Temos de pensar em viver longe daqui. Vais pensar?

– Sim, sim. Agora escuta, José, escuta. Temos de devolver essa droga ainda hoje, tem de ser hoje, senão são capazes de inventar outra armação.

– O restaurante está em crise, como te falei. Preciso dar cobertura pro velho.

– A tua crise é pior, menino. Não podes passar aqui lá pelas dez?

– Vou dar um jeito.

Bem antes das dez horas o movimento está morno, três mesas terminando. O vovô e a Adelaide se retiraram. Explico ao Arnoldo e ao Marcondes que preciso dar uma volta. No quarto, retiro a droga da valise, saio às pressas para o morro. Aviso à Carmélia que estou chegando.

Entra, vê a sacola tabu e me fala com delicadeza:

– Nada de demonstrar medo.

Por seu celular avisa o Jerônimo que deseja acertar alguns pormenores a respeito da droga.

Um som de música penetra pelo celular:

– Devem estar na farra – diz ela, indiferente.

Deixam-nos entrar, vamos abrindo caminho por entre mulheres brancas e negras. O Jerônimo determina que baixem o volume do som.

– Estamos devolvendo a droga – digo sem tremor.

– Estás brincando comigo? – fala o Jerônimo.

Ele não tira os olhos da Carmélia, imponente numa bata verde-clara, mirada profunda como a noite.

Digo com firmeza:

– É melhor deixar pra mais adiante, não é? Agora quero que abram pra ter certeza de que não está faltando nada, alguma pedra, algum papelote.

Sem desviar os olhos da Carmélia, o Jerônimo chama os caras, põe a sacola de plástico sobre a mesa cheia de garrafas e começa a abrir:

– Ué, que pedras são estas?! Cascalho puro, cara, só cascalho. Vamos ver os envelopes.

Abre alguns papelotes, atira-os para longe, gritando vitorioso:

– Farinha, apenas farinha de trigo, palhaço. Tu achas que eu ia deixar uma fortuna nas tuas mãos, seu merda – e ri, ri uma risada grosseira, bêbada, canalha, que me destrói a alma.

– Agora, rua daqui! Outra hora a gente fala. Não vais escapar de mim, palhaço!

– Palhaço é a puta da tua mãe – afronto.

Os capangas correm para me agredir, porém ele manda que me deixem ir embora com a Carmélia.

Na caminhonete, ela repousa a mão sobre minha coxa e diz com doçura:

– Foi melhor assim.

Abre a janela, respira o ar cálido da noite, olha as estrelas e diz:

– Queres dormir comigo?

– Só a obra-prima do teu corpo pra atenuar minha vergonha.

O morro acorda cedo, no ar o odor do café. Ela me beija, pede que me cuide e espera na janela minha partida.

– Quatro pneus furados! – exclamo.

– Não têm coração – deplora alto.

– Tudo ciúmes. Não adianta chorar.

Telefono a um serviço de táxis embaixo, me despeço dela mais uma vez com beijo na boca:

– Mais tarde volto com um guincho. Obrigado por existires.

Dormem ainda nos fundos do restaurante. A despensa está repleta, no freezer carnes de frango, gado, peixe, camarão.

Enquanto me barbeio, faço um exame de consciência para tomar pé. O que é que eu quero de verdade da vida? Passá-la na esfera das panelas da cozinha, providenciando víveres, mantimentos, agüentar o humor do velho, as investidas da Adelaide, a tentação viva das drogas?

A Carmélia me faz querer ser alguém, mas a rapidez do que está acontecendo não é o que sonhei. Estou suportando delegados, clientes sem educação, sempre com a perspectiva de entrar na faculdade, me formar, ajudar meus pais e irmãos. Nada estou conseguindo, senão a Carmélia, que não troco por mulher nenhuma, nossas afinidades estão além da física, do amor, do natural, duvido que alguém sinta o que sinto no corpo e no espírito.

Agora percebo a Adelaide através do espelho: DESNUDA.

– O velho não me deixa mais em paz na cama.

– Bom pra ti.

– Queria sentir alguma coisa.

– Azar o teu.

– Cavalo, estúpido. Pensas que não sei que és louco por mim?

– Tchau, vovó, tenho que tomar banho, não me obrigues a te expulsar daqui outra vez.

– Tu vais me provar um dia e vais tarar por mim, eu sei.

A tempo me recordo que não há verduras frescas. Vou comprar. Em seguida telefono para o serviço do guincho, acerto o horário.

O Frederico Bauermann, com dominadora voz, indaga sobre a caminhonete.

– Furaram os pneus. Já falei com o cara do guincho.

– Onde é que passaste a noite?

– Na casa da minha namorada.

Mede-me de alto a baixo, talvez um espelho de sua juventude, e com voz menos dura:

– Não te vejo estudar.

– Vou me matricular num cursinho.

Desço o morro de carona no carro-guincho. Mudaram os pneus traseiros. Preciso morder o avô para pagar as despesas.

Onde se meteu a Carmélia na parte da manhã? Comprimi a campainha da casa, nada, ruído nenhum lá dentro. Podia ter me esperado. Esta dor no peito é o que sentem os amantes ciumentos. Me considero uma espécie de escolhido, não tenho motivos para desconfianças.

Ter frouxa vontade de reagir contra os bandidos é medo ou resolução para não tumultuar o cotidiano miserável do morro e assim não perturbar o coração da Carmélia?

No fim da tarde me telefona: melodia nas inflexões da voz.

Pede-me paciência, não poderá me ver nos próximos dias. Está enterrada num trabalho de limpeza de espíritos malignos em duas residências. Carece de concentração íntegra.

– Não teria as forças que o meu bem merece. Fica frio e não te metas com o pessoal do morro. Assim que puder, te chamo.

19

Aproveito sua ausência para estudar e ler bastante. À noite, agora, é impossível dormir por causa dos gritos da Adelaide e os urros do velho. Não param, parece uma luta corporal. Uma noite dessas o velho dá um urro mais cavernoso e se vai.

Não agüento mais, quatro dias sem vê-la e nem lhe ouvir a voz que me fala aos sentidos. Ligo. Não responde nem retorna a mensagem de carinho que registro.

Depois das compras matinais, o vovô me fala que não desapareça, quer que o leve ao médico à tarde. Tudo bem.

O doutor Tom manda o velho passar na frente de vários outros pacientes: me constrange. Contra minha vontade, meu avô pede que o acompanhe.

– Estava louco pra fumar, por isto te chamei na frente dos outros, não foi pela tua bela cara.

– Meu neto veio comigo. Quero que aprenda a distinguir um bom médico de um vigarista.

– Estás me chamando de vigarista, patife velho?

– Ao contrário. Se consulto contigo é porque te acho o melhor, apesar de meio lelé e gostar da birita.

– Tu és o maior débil mental que conheço, brigão, racista – e dá uma gargalhada que ressoa, depois tosse, se engasga, apaga o cigarro e vai se acalmando. – Sabes, guri, que a gente se destrata assim faz anos, desde que passei por aquela terra de merda de vocês.

– Eu sei disso – digo sorrindo.

– Bem, chega de conversa. O que é que há agora, malandro?

– Pois não ando bem, estou precisando dum reforço. Aquele comprimido está fazendo pouco efeito.

– Como pouco efeito?

– Pois é...

– Não levantas direito?

– Sim – meu avô nem enrubesce.

– Então o comprimido está funcionando, porra.

– Está e não está.

– Funciona ou não funciona, alemão nazista?

– Mais ou menos.

– Como mais ou menos? Sim ou não? Queres me enlouquecer? Que merda! Quantas vezes tu trepas por semana?

– Três.

– TRÊS? – o doutor Tom dá um salto da cadeira, faz uma volta em torno da mesa, ameaça um soco no Frederico Bauermann, torna a sentar e grita: – TRÊS? Eu não te expulso daqui, velho sacana, por ser teu amigo, velho canalha. TRÊS? E achas pouco? Queres foder toda hora e cair morto? Vais tomar, a partir de hoje, um comprimido por semana, caso contrário não me responsabilizo pela tua vida. Tu és testemunha, José. Um por semana. Mas que filho-da-puta! Agora, rua daqui, não precisas nem pagar. TRÊS. Mas que sem-vergonha!

Uma comprida semana sofrendo com a ausência da minha querida. Sei apenas pelos livros o que padece a pessoa vidrada em outra.

No entanto, o silêncio machuca. Ela desapareceu, não dá sinal de vida, é que nem a morte.

Estará proibida pela gangue de me procurar? Teria o Jerônimo falado para ela que me apagaria se continuasse comigo?

Sinto a opressão de mil agulhas no coração. Sem nenhum temor, subo o morro. Deixo um bilhete por baixo da porta de sua casa. Entro no boteco, na bodega do seu Antero, e as agulhas dançam dentro. Peço uma cerveja. Cresce a tentação de me iniciar nos mistérios da droga. É só falar que o seu Antero me alcança todo o material necessário. Seringa, agulha, borracha para dilatar as veias. É só falar. Só a coca pode me aliviar a dor do afastamento sem explicação da Carmélia. Ia fazer uma limpeza em duas casas e me chamava. Há um equívoco, uma espécie de fabulação que não fecha. As mil agulhas me fincam a alma empurradas por entidades invisíveis. Já estou pedindo um papelote mágico quando o Julião dos dedos quebrados com seu vozeirão pede uma cerveja do fundo da geladeira.

Acordo.

– Pode me entregar a féria, seu Antero? – diz em voz baixa.

– Vou pegar lá nos fundos – contesta o português.

– A garota saiu de circulação, te deu o bolo, chá de sumiço, é isso, alemão? – me toca direto na chaga o Julião.

Não respondo, mas penso na garrafa como arma.

– Não podia dar certo mesmo. Crioula com um garçom pelado. E o Jerônimo se matava ou matava os dois.

A volta do bodegueiro me salva, já ia perguntar se sabia o lugar onde a outra se encontrava.

O Julião empina toda a cerveja pelo gargalo, recolhe o dinheiro e se manda fazendo ruídos na sua moto último tipo.

– A menina desapareceu, rapaz?

– Está fazendo algum trabalho sério. Acho que está impossibilitada de se comunicar.

– Não tenho visto a cabrita por aqui mesmo, nem o seu Emílio.

– O senhor acaba de me dar uma idéia, vou lhe fazer uma visita. Tem pão da tarde?

Pago e parto para descobrir o velho. As agulhas param de me fincar, graças aos céus, a São Jorge.

Comprimo a campainha. Demora a atender. Aparece solene e calmo, os olhos enormes da neta amada.

– Lhe trouxe pão fresco pro café da tarde.

– Entra. Não comprei leite hoje.

– Café puro também é gostoso.

Vamos à cozinha limpa, esquenta a água e depois passa o café, sem pronunciar palavra. Que histórias de trevas e de perversidades não estão correndo na cabeça deste homem poderoso em seu tempo? Essa serenidade significa sabedoria ou cansaço?

Após o café com pão e manteiga, pergunta vagaroso num belo grave:

– Já experimentou a cocaína?

– Continuo resistindo.

– Mas a tentação é grande.

– Sim.

– Eu soube da triste e ridícula armação. Faz de tudo pra afastar o rancor do teu espírito. Não vale a pena enfrentar a Organização. Não tem mais alma. Trata de conservar a tua. Tens alma ainda?

– Às vezes sim, às vezes não.

– Por quê?

– Não tenho visto a Carmélia faz dias. Desapareceu.

– Deve estar num trabalho sério, difícil.

– Imagino.

– Me dá licença agora que preciso descansar um pouco. Tenho que estar bem-disposto num churrasco aqui perto, à noite.

Retorno ao boteco do seu Antero. Se tivesse acontecido alguma coisa com a Carmélia, o velho saberia. Não furaram os pneus, me despeço do português e resolvo descer e subir as ruelas estreitas. Na rua principal vislumbro um vulto branco crescendo à luz da tarde. Choque nas células nervosas. Vou ao encontro. Sorri:

– Vamos ali em casa. Vou trocar de roupa e pegar outras, logo desço.

Entramos. Antes que fale qualquer coisa, digo com sincera tristeza:

– Existo pra ti ainda, Carmélia?

– Não sei, acho que sim. Estou envolvida num trabalho que está consumindo minhas forças. É pura concentração.

– Conseguiste me sorrir há pouco.

– Mereces. Não estou bem, não estou retornando chamados pra ninguém.

– Diz logo que queres terminar comigo, Carmélia. Vou sofrer, mas ao menos me livro desta incerteza.

– Não é isso, querido. Não entendes? No momento, estou noutro mundo que me extrai demasiada energia. Não consigo pensar direito, mas estás no meu coração. Uma notícia: a dona Eduarda conseguiu internar o Constantino. Ah, como estou exausta!

– Pensei que estivesse rolando algo sublime entre nós.

Não nega, não confirma, não me olha, nem mostra os dentes majestosos. Fecha a valise. Pousa a mão delgada em meu ombro e com extremada delicadeza comovente diz com voz débil:

– Não estou em condições de falar nisso. Sou menos eu no momento.

– Valeu. Te levo aonde quiseres.

– Até lá embaixo, depois apanho um táxi.

No trajeto conto que visitei seu avô. Não contesta, olhar distante.

– Estás linda, Carmélia, embora muito magra. Vais virar só alma. Tens te alimentado, menina do meu ser?

Despede-se com um beijo na face, toma um táxi, dobra na avenida à esquerda e sai da minha visão. Podia segui-la. Pra quê? Perdi a mulher, pronto.

A insônia me come firme. Claro que arranjou outro, talvez rico. O cansaço deve ser efeito de seu processo de sedução. No fundo, está certa. O que pode se esperar dum pé-rapado, garçom, *maître* suburbano? O negócio é reunir energias para estudar com disciplina e me preparar para ser alguém, ganhar dinheiro limpo e assim atraí-la de novo. Ela não pode ter esquecido que nos queimamos por dentro e por fora. Saio do banheiro agora, noite fechada, e a Adelaide está estendida nua na cama. Como estou no fim mesmo, resolvo devastá-la até o sol nascer. Rolem todas as tragédias, desabem todos os castigos.

20

Deixo as compras na cozinha, a Francisca reclama, as hortaliças estão menos frescas que as de ontem, é que tem chovido pouco, respondo.

Ao lado, meu avô examina os pratos perto da responsável por lavá-los e guardá-los. Joga um no chão com desprezo, raiva, outro contra a parede, mais três de encontro aos azulejos na frente dos fogões, mais dois na outra parede. Vermelho, vai rugindo:

– Você está aqui só pra lavar, enxugar e guardar os pratos e não consegue, Olhe a gordura nas beiradas, falta detergente? Não quero nem olhar os copos e talheres pra não ter uma síncope. JOSÉ, a partir de hoje ficas encarregado da fiscalização da louça e talheres também. Suporto qualquer coisa errada num restaurante. Menos a SUJEIRA.

Espero que sua irritação não seja resultado de um suspiro fora de hora ou lugar da Adelaide. Não é tão louca.

Aguardo a tempestade amainar, aves do medo mortas no meu interior, entro no seu escritório e digo:

– Vovô, estou pensando em alugar um quarto ou um pequeno apartamento próximo daqui. Preciso estudar. O ruído da cozinha e os empregados me atrapalham.

– Sim e daí? – sem me olhar.

– Queria ganhar um pouco mais.

– Ganhar um pouco mais?

– É isso. Trabalho bastante, cumpro minhas obrigações, faço pagamentos, acho que tenho sua confiança – aqui hesito, me considerando um falso.

– E o que mais?

– Os garçons, com as gorjetas, ganham bem mais do que eu.

– Quanto queres de aumento?

– O suficiente para alugar um apartamento, pagar um cursinho e me vestir melhor.

– Está bem. Por seres meu neto e responsável, vou te dar um por cento do movimento mensal.

– Sobre o bruto ou líquido?

– Queres dar uma de malandro? Pensa que sou burro? Claro que sobre o líquido.

– Me serve. Valeu. Se encontrar um pequeno apartamento aqui por perto, venho pedir sua assinatura como fiador.

Ele me olha pela primeira vez na vida como um avô sensível olha um neto pequeno, ele me olha com afeição, bondade.

– Telefona pra Imobiliária São Jorge. Desalugaram, por falta de pagamento, um imóvel meu. Não alugaram ainda. Se não destruíram, deve ter fogão e um refrigerador.

Quase lhe dou um beijo.

Corro à imobiliária, apanho a chave, disposto a alugar o apartamento esteja no estado em que estiver. O olhar da Adelaide, de quem descobriu hoje o mundo, me assustou. Não posso trair de novo a confiança do meu avô. Já basta a bandalheira que armei entre ela e o Constantino. Não posso ser bandido, quero um caráter limpo. O apartamento de quarenta metros quadrados é bom. Quer dizer, então, que o velho é dono de apartamento. Deve ter outros, o malandro. Nunca mexi nas escritas extras que conserva numa caixa fechada dentro do cofre.

Retorno à imobiliária para acertar o negócio, pergunto à garota atendente se não existem outros apartamentos do meu avô, Frederico Bauermann, administrados pela firma. Apresento-lhe minha identidade, lê o sobrenome, parece conveniada, me informa que tem nove alugados, talvez haja mais noutra imobiliária. A doida da Adelaide é rica e não sabe.

Assino o contrato, a garota fala que na próxima semana tudo estará regularizado.

Meus pais passando trabalho, meus irmãos comendo o pão que o diabo amassou e o velho cheio da grana e apartamentos. Paro no meio da tarde ensolarada e súbito me estala algo dentro: não sinto mais remorso de ter comido minha avó torta. Livro fechado.

Visito o Constantino com a esperança de encontrar na clínica em que o internaram algum vestígio da Carmélia. Ou descobrir por meio de sua mulher onde a outra está se escondendo.

Ele está silencioso numa poltrona, bem-vestido, olhar no horizonte.

– Como vai o amigo?

– Não sou teu amigo – contesta com voz pastosa.

– Está se sentindo melhor?

– Não. Minhas mãos tremem como se eu tivesse o mal de Parkinson, não consigo falar, pensar direito, o estômago dói.

– E sua mulher como vai?

– Vou esganá-la junto com a tua negra que fez a cabeça dela.

– Querem o seu bem.

– O CARALHO!

– Calma, doutor Constantino.

– Os cães desejam me aposentar à força.

Vira o rosto pálido de repente para meu lado e sorri amarelo:

– Como vai a xoxota da tua vó? Que mulher desgraçada que não me sai da cabeça! Diz pra ela esconder coca na bela perseguida e me trazer.

Na sala de espera, sentada, de óculos escuros, vejo a dona Eduarda.

– Claro que me recordo de ti, José da Carmélia.

– Visitei seu marido.

– Está mal, não é? Nem me deixa entrar. Mas parece que está se desintoxicando.

– Demora um pouco, vai ficar bom. A senhora, por acaso, tem falado com a Carmélia?

– Coitada! Está empenhando toda sua alma para fundar um centro de cirurgia fluídica astral, entendes? Porém, os membros não se entendem, discutem, acham que ela não tem mediunidade para a expansão cósmica, sei lá. Está perdendo tempo, dinheiro. Quero lhe emprestar, não aceita. Quando dorme lá no meu apartamento, faço com que se alimente, come que nem um passarinho. É uma santa.

À medida que fala, a dona Eduarda vai me parecendo menos coruja, mais feminina em seu tom e gestos caridosos.

21

Antes de deitar, contemplo com certo orgulho os móveis adquiridos a prazo. Quero guardar para sempre a imagem dum canto só meu, organizado de acordo com o gosto modesto de um estudante.

Com um começo de euforia ligo para o celular dela, pode ser meu dia de sorte. Apenas escuto a voz: "O número chamado encontra-se indisponível ou fora da área de cobertura".

Haverá neste domingo em que levanto cedo a procissão em comemoração a São Jorge, à tarde. É provável que a encontre no meio da multidão.

Trabalho sem vontade, aéreo. A Adelaide passa por mim e diz pela quinta vez:

– Não vais fugir assim, vou te perseguir porque tenho certeza de que gostaste e me amas como eu te amo. Volta logo, depois pode ser tarde.

Agora, às duas horas, entro na igreja superlotada. A imagem do santo está sendo conduzida no sentido da porta principal.

Me espremo na multidão com a ânsia de ver não o santo guerreiro, mas a figura viva e carnal da minha santa. Os miseráveis pagadores de promessa aguardam ajoelhados na avenida. Me incorporo ao povo. À esquerda, adiante, descubro-a vestida com uma bata escura, um véu negro, passos lentos, curtos, vacilantes. O que é isso? Está indo para a morte?

Alcanço-a, enfio o braço no dela e digo alto:

– Por favor, Carmélia, vamos sair deste ajuntamento agora. Sinto que estás fraca. Sem alimento, nem São Jorge te ajuda.

Não pronuncia uma palavra, mas se deixa levar.

Desviamos para uma rua transversal e compro numa mercearia sanduíches, bolos, doces, leite. Ela permanece numa quietude que me perturba, na porta, a acompanhar os devotos retardatários da procissão.

No apartamento, seu olhar não se liga à minha movimentação. Encosta-se no sofá, sem vida, parece à espera de que eu tome a iniciativa dum gesto, palavra, indagação, como posso saber? Sirvo-lhe café com leite, sanduíche, bolos ingleses. Não é com ela.

Repicam os sinos da igreja, o milagre acontece. Estica o braço, abre a mão, pega a xícara e sorve um gole. Ofereço-lhe o sanduíche, mastiga devagar, olhos vagos.

– Carmélia, por amor de Deus, volta ao mundo. Não és nenhum zumbi. Tu és mais forte que todos o espíritos. Volta pra mim.

Dissolvo uma aspirina e lhe dou numa colher. Consegue engolir. Descera os imensos olhos como que agradecendo. Murmura:

– Quero descansar um pouco.

Espicho-a no sofá sob um travesseiro e a deixo em paz.

Não acredito nessas transfigurações espirituais, aprendi que essas coisas fazem parte de sugestões, auto-sugestões, não acredito em espiritualismo, macumba, incorporações. Sim, mas e aquela entidade que ela te passou? Sensações que os hormônios produzem, dilatação das artérias, veias. Só acredito nessa mulher deitada no sofá.

Telefono ao Arnoldo pedindo que tome conta do restaurante, avise o meu avô que estou com febre.

Ela desperta de um calmo sono de três horas. Vai ao pequeno banheiro, lava o rosto e ressurge com o antigo sorriso.

– Agora aceitaria um sanduíche.

Trago sanduíches e leite da cozinha. Come e bebe vagarosamente como se fosse pecado.

Passo-lhe a mão na testa e pescoço, creio que a febre cedeu.

– Essas incorporações estão te exaurindo, não é?

– Cansam, quem te falou?

– Dona Eduarda. Devias ficar só nas consultas. Esse negócio de expansão cósmica pode mexer com tua cabeça. Nosso mundo já é pesado, imagina o outro.

– Incorporei um médico, mas não aconteceram resultados positivos em cinco trabalhos. Preciso desenvolver minha mediunidade. Alguns membros da casa de conscientização acham que devo me dedicar apenas a dar passes e consultas. Sou teimosa. Não devia insistir, voltasse daqui a alguns anos. Minhas emoções estão revoltas.

– Desconfio que ficaram bem alteradas. Devias dar um tempo. Queres dormir aqui? Prometo não te tocar enquanto não te desincorporares desses médicos fantasmas.

– Não são fantasmas. Existem. Eu é que não consegui captá-los direito. Este apartamento é teu?

– Aluguei faz dias.
– Pra te livrares da outra, não é?
– Sim.
– Foste fiel para comigo, José?
– Claro que fui.
– Teus olhos dizem que não.
– Tu é que és infiel com essas incorporações.
Ela sorri com pouca vontade, fica pensativa.
– Estás te sentindo melhor? – me arrependo da frase.
– Melhorei.
– Se quiseres dormir aqui, encomendo um jantar pra nós.
– Estou imunda, suada.
– Tenho chuveiro, sabonetes, toalhas, pijamas.
– Me levas amanhã cedo lá em casa pra pegar roupas limpas?
– Claro. Onde se viu andar de bata preta. Ainda não morri.

Agora ri com toda vontade que seus zombeteiros espíritos permitem.

Entrego-lhe toalhas, um pijama curto de verão e me ponho a ouvir a queda da água, me sinto feliz. Pela janela reparo que escurece mais cedo neste outono quente.

No improvisado jantar, ela consegue comer bem mais do que de tarde. Vemos um pouco de televisão. Fala que deseja deitar e que não preciso cumprir a promessa de não tocar nela.

Mil entidades nelas incorporadas me derrubam.

Valeu, São Jorge, ela voltou, ela voltou.

Apanho a caminhonete na garage do edifício e deixo a Carmélia em casa, mal rompe o dia. Pergunta se desejo entrar, faria um café, deve haver algumas bolachas meio velhas. Topo. Na entrada, implica com a porta não-chaveada e duas motos enormes na frente.

Assim que comenta isso, dois caras com toucas ninjas saltam do assoalho como impulsionados por uma cama elástica. O mais baixo grita que estamos presos. O chefe quer falar com a Carmélia agora. O branco vai junto.

– Qual chefe? – ela pergunta, já sabendo a resposta.

– O primeiro e único, o chefe Jerônimo, o fodão.

– Ah! – exclama ela. – Podem esperar que mude de roupa?

– Tem um minuto.

As duas motos nos escoltam até o mais temido ponto do narcotráfico. É o primeiro sorriso irônico que percebo nos lábios da Carmélia.

– Não te deprimas, mas acho que esse cara te quer de volta.

– Estou caindo aos pedaços, nem quero pensar nessa tolice.

Chegamos na conhecida casa da figueira. Os motoristas nos empurram sacando as máscaras ridículas. Cinco minutos após, os crioulos retornam afobados sussurrando que o chefe estava com sono, outra hora falaria com a moça.

– Podem se mandar – diz o menor num tom autoritário.

Que palhaçada!

No trajeto pergunto à Carmélia se não deseja que eu espere.

– Não, obrigada. Vou descansar um pouco, em seguida remarcar as consultas transferidas. Resolvi adiar as experiências astrais, a teu pedido.

– Vou te dizer uma coisa, Carmélia. Estás esgotada, quase nem és tu própria, salvo ontem à noite. Não vou renunciar à glória de te amar, aconteça o que acontecer. Me telefona.

Descansa a palma da mão na minha coxa e diz com tristeza:

– Está bem.

22

Deixo as compras na mesa da chefe Francisca. Examina com interesse profissional e fala:

– Tudo perfeito. O patrão esteve perguntando pelo neto agora de manhã.

Bato nos aposentos, abre a Adelaide com cara de sono e digo para dentro:

– Vovô, já fiz as compras. Queria falar comigo?

– Entra. O doutor Godofredo telefonou falando que ficou sabendo só ontem à noite que temos audiência de instrução à tarde. Que relaxado. Estás arrolado como testemunha, era inevitável. Almoçamos cedo e vamos lá.

Meu avô, depois de conversar com o advogado e com o delegado Faustino Almeida, fez com destemor seu relatório ao juiz.

O delegado Constantino vivia soltando piadas obscenas à sua mulher.

Apareceu drogado uma noite e tentou agarrar sua esposa, foi expulso e proibido de freqüentar seu restaurante.

Outra noite, invadiu seus aposentos e gritou por sua mulher bem alto, transtornado. Avançou sobre ele e então foi obrigado, em legítima defesa, com a cabeça quente, a feri-lo, com a faca de mesa, na orelha.

Presto depoimento e repito com outras palavras o que relatou o Frederico Bauermann.

O doutor Godofredo demorou vinte minutos argumentando que se tratava do mais genuíno caso de legítima defesa.

O juiz agendou outra audiência para daqui a noventa dias, porque a vítima, com a saúde comprometida, estava impedida de comparecer.

O advogado disse que a causa estava no papo, meu avô não se preocupasse.

– Só me preocupo com seus altos honorários, doutor Godofredo.

– Sou barateiro.

Na saída, o delegado Faustino me chama e diz:

– Recebi denúncias anônimas de que andas freqüentando uma boca de fumo e droga no morro Maria da Conceição. É verdade?

– Freqüento apenas a casa da minha namorada.

– Ex-mulher do chefete de uma gangue. Preciso saber o local do ponto.

– Não sei, doutor Faustino. Não sou dedo-duro. Isso é intriga do delegado Constantino.

– Calma, jovem. Quero conhecer o cara para preveni-lo. Em breve, a Polícia Federal vai estourar todos os pontos suspeitos. Fala a teu avô que se acalme. Boa tarde.

– Apareça pra jantar.

A dona Eduarda está escondida atrás duma coluna me chamando com a mão. Antes que o velho saia com o advogado, me aproximo da senhora.

– Peço desculpas pelo horror que meu marido causou à sua família.

– Não se desculpe, dona Eduarda, ele está doente. Estou preocupado com a Carmélia. Perdeu as forças tentando se doar. Me prometeu reduzir seu trabalho. Outro dia passo na clínica pra ver o doutor Constantino.

À noite aparece o delegado Faustino. Reassumo a posição de *maître* de arrabalde e lhe presto atendimento.

– Preciso falar contigo – diz a olhar para os lados.

– Às suas ordens.

– Senta.

– Não posso.

– Não consigo falar direito com alguém que esteja num plano superior.

– Eu me abaixo.

– Não sejas ridículo.

– Vou pedir licença a meu avô – digo sério, disposto a alongar a pantomima.

Falo ao velho o que o delegado está exigindo. Sorri e diz que a casa já está uma esculhambação total mesmo, que eu sente com o delegado.

– O senhor não deseja um bom uísque pra começar?

– Pode ser.

Faço um sinal ao Arnoldo.

– Vou ser claro e direto.

– Pois não.

– Quero um contato direto com o mandachuva do morro. Ele tem de se precaver.

– Pensei que seu interesse fosse prendê-lo – não deixo por menos.

– Só prendo com provas – desconversa.

– Doutor Faustino, não sei onde fica o esconderijo dele. O delegado Constantino deve saber o telefone dele.

– O Constantino está fora do ar, acho que quer explodir. Coitado. Sei que podes conseguir o celular do chefete com a ex-mulher. Faz este favor, sim. O restaurante está na alça de mira da delegacia.

– Tome mais um uísque, nossa cortesia. Vou tentar descobrir lá dentro.

A voz da Carmélia me expande de alegria. Explico-lhe a situação rápido, o Faustino quer contato com o Jerônimo para levar as mesmas vantagens do Constantino.

– Não devias te meter com essa gente condenada.

– Sei, sei, mas não tenho escolha. O Faustino está ameaçando fechar o restaurante. Tenho pavor dessa escória. Só penso em viver contigo. Vou sair dessa zorra, arranjar outra coisa e te raptar. Nem tenho dormido de tanto pensar em nossa vida.

Ela me passa o celular do Jerônimo e diz tranqüila que amanhã vai se despedir dos caras do Centro.

Com profundo constrangimento, entrego o número ao delegado. Sinto que uma ponta de vocação para bandido está entrando em mim.

– Deseja outro uísque?

– Não. Qual a especialidade que me recomenda?

– Pato ao molho de cocaína.

– Nunca provei esse molho, nem provarei. Meu negócio é outro.

– Entendo. O senhor é empresário – levanto e o deixo lendo o menu.

23

Nesta manhã, o velho diz que vai ao banco, tome conta.

O delegado Faustino aparece para almoçar com um assessor. Anoto os pedidos. Pisca-me o olho numa cumplicidade que não entendo e que me desagrada.

Em seguida, o garçom Marcondes avisa que me chamam ao telefone.

– Estamos com teu avô em nossas mãos. Trata de arranjar dez mil reais ainda hoje, logo, caso contrário apagamos o velho.

– Não sei como conseguir dez mil reais – digo ao interlocutor, cuja voz presumo ser a do Julião dos dedos quebrados.

– Ele vai te explicar.

O piso do salão parece que está baixando como num terremoto. Ouço a comprometida voz do Frederico Bauermann:

– Fala com o gerente do banco aí perto, abre o jogo, exige, senão estes crioulos imundos podem me machucar. Ai, ai, ai, filho-da-puta.

Claro que lhe bateram. O cara que acredito ser o Julião fala:

– Nada de polícia, cara. Pega o dinheiro, depois te digo o local da entrega.

– Vou te quebrar mais um dedo, Julião.

– Hem? Hem?

No tempo em que troco de roupa no vestiário, surge a Adelaide me agarrando por trás.

– Pára com frescura, mulher. Seqüestraram o velho, estou louco da vida indo ao banco conseguir dinheiro. Te acalma, nada de grito, de show.

Ela empalidece.

O gerente almoça de vez em quando no restaurante. Não consigo dominar o tremor das mãos e lábios.

– É uma situação gravíssima, excepcional, temos de avisar a polícia.

– De jeito nenhum, os bandidos ordenaram silêncio. O delegado Faustino estava no restaurante, eu não disse nada.

Passo mais de uma hora à espera da decisão. Assino alguns papéis e por fim me entregam o dinheiro numa sacola. O gerente fala que um segurança vai me acompanhar, lhe telefone.

Entro pelo lado do prédio. A Francisca teve de dar um calmante à Adelaide. Ficou nervosa e contou tudo aos garçons e auxiliares da cozinha.

Digo a todos:

– Vamos trabalhar de maneira normal. Chega de escândalos.

Eu atendo ao telefone às sete da noite. A voz é a do Jerônimo da Carmélia, não me engano:

– Tudo certo?

– Quem é?

– Não interessa. Leva a grana pro teu apartamento às nove horas.

– E o meu avô? – indago aflito.

– Assim que a gente botar a mão na gaita, ele será solto.

– Como é que sei que ele está vivo?

– Tá vivo, é pegar ou largar.

– Não sei se confio na tua palavra, JERÔNIMO.

Desliga.

Dou as últimas recomendações ao pessoal, nada de alarme.

Vou ao apartamento com a caminhonete e espero, antenas ligadas, dinheiro no roupeiro. Tento ler um livro que comprei faz tempo num sebo: *Um fuzil na mão um poema no bolso*, do africano Emmanuel Dongala. Não consigo ligar uma frase à outra.

A campainha ressoa. Abro a porta com cuidado. É o meu poema negro.

Resumo.

– Que coisa mais sinistra: seqüestrar é novidade na zona.

– Que instruções te passaram?

– Pegasse a encomenda e fosse pra casa.

– Não é coisa do Jerônimo? – pergunto.

– Pode ser. É o fim do mundo.

Ajudo-a a tomar um táxi na avenida. Alcanço-lhe a sacola de avião, me avise logo que apanharem o dinheiro.

– Vou virar bandido se matarem o velho – digo tremendo.

– Tudo vai sair bem – ela diz me beijando, sem nenhuma certeza no tom de voz.

Meia hora após me telefona. A encomenda foi entregue a dois mascarados. Deixarão meu avô na igreja São Jorge.

Vou para lá. Mais meia hora e um automóvel dá estrepitosa travada diante da igreja. Empurram o velho encapuzado para o solo e arrancam o carro com violência.

Tiro-lhe o capuz, desamarro-lhe as mãos. Um filete de sangue coagulado na fronte. Moral esfacelada.

Abre e fecha as mãos, se esfrega, saca os óculos do bolso das calças, passa os dedos na testa e diz com voz frágil:

– Canalhas!

24

Os garçons e o pessoal da cozinha, avisados por mim, esperam no corredor externo a chegada da figura alta, alquebrada. Sem palavras, ele dá a mão a cada um e na Francisca um abraço apertado.

A Adelaide, choramingando, limpa com gaze e água fervida os lanhos do rosto e das costas do calado velho.

– Fechamos cedo – diz o Arnoldo.

O Frederico Bauermann toma um caldo quente trazido pela Francisca e um comprimido para dormir, e fala que amanhã deseja conversar sério comigo.

Do apartamento ligo à Carmélia, o homem chegou vivo. Assim que terminar o sufoco, a gente se encontra.

Demoro a conciliar o sono: o que existe bem acima das nuvens do meu futuro?

Tomo o café-da-manhã com a Francisca. Que vai ser do restaurante, não é questão de emprego, que consegue em qualquer lugar, é questão de apego, de amor à casa. Dou-lhe um beijo nos cabelos brancos e no rosto rechonchudo e digo, sem convicção, que vai dar tudo certo.

O patrão tomou café bem cedo, acho que melhorou.

Ele surge na cozinha com aparente tranqüilidade, que o aguarde no escritório, e para não perder o costume demora um instante a examinar panelas, talheres, pratos.

No escritório não me dirige a palavra nem o olhar. Faz uma ligação que agora fico sabendo ser para a casa do advogado doutor Godofredo. Relata sua longa e sofrida história e solicita providências imediatas junto à delegacia para que se prendam os seqüestradores e se recuperem os dez mil. Faz uma pausa a fim de ouvir o advogado e ordena decisivo:

– Prepara uma minuta de contrato de arrendamento do restaurante. O arrendatário é o meu neto José Bauermann Cardoso. Depois te passo o que faltar. Hoje à tarde? Está bem. Desculpa te acordar a esta hora. Já estavas em pé? Melhor.

A mexer nuns papéis sobre a escrivaninha, sem me olhar, diz:

– Topas arrendar o restaurante?

– Claro que sim, vovô. E o senhor o que é que vai fazer?

– Voltar à cidade natal e reabrir o velho restaurante. Estou perdendo a coragem neste subúrbio ingrato. Ofereço a eles a atração de um restaurante de categoria, e a retribuição que recebo: delegados achacadores, assaltos, seqüestro. Não vou fazer a alegria de ninguém sofrendo um ataque do coração.

– Devia pôr o restaurante à venda!

– Deixa de ser burro. Não estás vendo que é uma forma de te ajudar e de garantir uma renda mensal fixa para mim? Confio em ti, sei que não vais me passar pra trás.

– E se eu não conseguir atingir a quota mensal?

– Bem, vamos discutir de tarde no escritório do Godofredo. Estás com medo? – indaga com repentina doçura na voz.

– Um pouco.

– Não há motivo pra medo. Aprendeste o serviço, conseguiste traquejo. Volto pro interior, cansei daqui. Vou poder ajudar a orgulhosa da minha filha, teu pai, meus netos. Desde que trabalhem, é lógico.

– Será ótimo.

– Pede pra tua mãe olhar como é que anda minha casa e o antigo restaurante. Aquela cidade maldita não merece a comida que vou servir. Nem sei se há gente que vá a restaurante por lá.

– Tem gente abonada, faculdade, bancos, um batalhão do exército.

– E um enxame de lanchonetes fedorentas e desempregados.

– A Adelaide vai gostar da mudança?

– Ainda não sabe. Vai junto. Se não quiser, volta pro buraco onde moram os pais.

– O senhor já não pode viver sem ela – avanço íntimo e me arrependo.

– Arranjo outra. As mulheres querem é o dinheiro da gente. Bem, não interessa. Hoje ou amanhã vamos até o Godofredo. Daqui a pouco passo no banco pra acertar o negócio do dinheiro e também na imobiliária.

Quase lhe digo que poderia lhe remeter também os aluguéis, mas acho que seria abuso. É seu direito esconder o que ganhou por meio do trabalho.

O pessoal da casa capta logo a história do arrendamento, porque no jantar os olhares já são meio de reverência. Me esforço para ser imutável no meu jeito de ser.

Hoje faz três dias da assinatura do contrato, véspera da partida de meu avô. Sugiro um jantar de despedida para os colaboradores, replica que perdeu o ânimo, a alegria, continua acabrunhado pelo seqüestro.

Despede-se de cada funcionário, pedindo que me ajudem e apóiem. Gratifica toda a cozinha, a lavanderia, cada garçom, o segurança. Dá um abraço demorado na Francisca, dizendo que ela possui o segredo de um tempero que nunca sentiu igual.

A Adelaide, num instante de silêncio no corredor, me ataca a exigir uma tarde no meu apartamento. Dou-lhe um beijo na boca e me nego.

– Vamos a um motel, por amor de Deus.

– Não posso trair duas vezes a confiança do meu avô.

– Quando vier a Porto Alegre, vou te pegar. Como é que vou viver longe de ti!

Telefono à minha mãe narrando-lhe as novidades. Permanece em silêncio alguns segundos, dá um profundo suspiro e fala com voz não sei se de alegria ou de choro:

– Ao menos vamos trabalhar, é o empurrão de que teu pai anda precisando. Para uma vida melhor, até o gênio violento do teu avô a gente suporta.

– Acho que o seqüestro lhe baixou a juba.

– Quando é que chegam?

– Amanhã.

– Valeu, meu filho. Trata de estudar bastante.

Ajudo o casal a transportar malas e valises para o automóvel, com o auxílio dos garçons.

– Até mais, José. Daqui a três meses, volto pra outra audiência. Qualquer problema, fala com o doutor Godofredo. Dá duro no delegado Faustino. Temos de recuperar aquele dinheiro. Juízo!

A Adelaide me atravessa com um lindo olhar erótico.

25

A Carmélia me liga a reclamar que faz dias que a gente não se encontra. Falamos da saudade que sentimos. Pergunta se desejo dormir em sua casa.

– Claro, não agüento mais a vontade de te beijar – respondo.

O agora *maître* de arrabalde Arnoldo vem aflito me contar que o segurança está perturbado: dois crioulos querem entrar.

– O restaurante agora é de minha responsabilidade. Deixa que entrem.

Depressa me arrependo. O Jerônimo e o Julião despontam com ares acima do bem e do mal. Sentam-se frente a frente na primeira mesa à direita. Mandam me chamar.

Caminho de cabeça levantada para não perceberem meu temor. Lógico que estão armados. O ex-marido da Carmélia me fita desdenhoso:

– Viemos pra experimentar a comida deste restaurante convencido e informar que o delegado Constantino já era. Explodiu de vez com uma overdose na clínica que tu conheces.

Base firme nos pés para não cair, respiro calmo e digo:

– Com cocaína de vocês, não é?

– Pode ser – fala o Jerônimo com cinismo.

– Que horror! Como é que vocês souberam?

– Gente nossa lá dentro nos informou. Foi melhor. Estourou feliz. Descansou, levava nossa sagrada neve. Se viciou e se foi. Um a menos.

– Com licença, vou ao banheiro.

Vomito o coração. Telefono à Carmélia. Ela recém soube por dona Eduarda. Vai à clínica dar assistência a ela, sua amiga. Mais tarde a gente se encontra.

A dupla trata a moqueca de peixe com apetite e prazer. Parecem pensar que o mundo não morreu.

Tenho vontade de pedir-lhes que não ponham mais os pés aqui por causa da polícia. Ao mesmo tempo receio que me proíbam em definitivo de freqüentar o morro. Só me resta retornar ao banheiro e vomitar.

Pagam, conquistam um garçom com generosa gorjeta e se mandam antes que crie coragem de reivindicar o dinheiro que roubaram do meu avô.

Na clínica de saúde encontro a Carmélia tentando suavizar o provável sofrimento da dona Eduarda.

Não sinto pena do Constantino, nem um pouco. No fim das contas, infernizou minha vida, a do meu avô, a da sua mulher. A vida sem ele é melhor. Apenas me compadeço da expressão de abandono da dona Eduarda.

O delegado Faustino conversa com o chefe dos enfermeiros, quer descobrir como a droga chegou às veias do Constantino, quem por ela pagou. Questão idiota. Se me perguntasse, diria que foi assassinado pelo Jerônimo com a colaboração de um enfermeiro.

O laudo vai sair amanhã. A cremação será à tarde. Caso encerrado.

Perto da meia-noite, deixamos a dona Eduarda em seu apartamento.

Não perdemos o amor, só a vontade de fazê-lo. Convenço-a a dormir comigo, por segurança. Parece existir um sopro de crime sobre o morro. Concorda.

Não conseguimos pegar no sono, porém de tanto nos virarmos na cama, terminamos por nos bater de frente. Com naturalidade a gente faz um amor que no fim é para balançar estrelas.

Depois do café com bolacha e geléia, estou levando minha estrela à sua casa.

– Não achas que está na hora de vivermos juntos? – pergunto.

– Já não estamos juntos, comprometidos? Assim está bem. Um dia na casa de um, outro dia na casa do outro.

– O morro está perigoso pra mim. Creio que o Jerônimo não vai largar meu pé. Se ouvisses a frieza com que contou a morte do Constantino...

– Eu sei como ele é – diz lamentosa.

Na solenidade de cremação, estou olhando de longe os pais e irmãos da dona Eduarda, bem vestidos, finos, vistosos, diferentes da viúva, no entanto sem a comovente ingenuidade dela. Está claro nos seus rostos que se sentem aliviados com a morte do Constantino.

Num momento em que a conversa se torna geral, pergunto ao delegado em voz baixa se não vai se interessar pela recuperação do dinheiro pago aos seqüestradores.

– Não descobri a pista.

– Não descobriu? Mas são da gangue do morro.

– Tu achas?

A contestação irônica me dá a certeza de que já fez contato e está na gaveta do Jerônimo e companhia.

Deixo a Carmélia em casa, diz que está com as consultas atrasadas, hoje e amanhã não poderá me dar a atenção que mereço.

Tomo um café na bodega de seu Antero. Não perde o costume de me oferecer drogas.

– Quero te repetir o que te falei no verão. Um traficante de armas me deixou, em consignação, duas pistolas automáticas e três metralhadoras portáteis. Tenho alugado pra bandidagem, se precisares te empresto a preço módico.

Olho para o bigode já embranquecendo do português e digo:

– Quando sentei praça no quartel, seu Antero, eu até lidava direito com armas. Distância delas. Agora sou do trabalho, da paz.

– E da Carmélia.

– É isso aí. Gosto de sua casa porque foi aqui que vi a Carmélia pela primeira vez.

O seu Antero se aproxima da mesa e me cochicha:

– Não sei como é que o Jerônimo faz vistas grossas pra esse achego de vocês. Ele é tarado pela Carmélia.

– O senhor está brincando? Já me fez de palhaço com a história das drogas, o senhor sabe. Seqüestrou meu avô, lhe arrancou aquela grana. Vistas grossas? Estou encarando um selvagem que forneceu uma dose letal pro Constantino e armou o assalto ao restaurante.

– Sei, sei. Não tenho certeza se tens bagos pra enfrentar a barra pesada que deve aparecer por aí.

– Não tenho certeza, mas na hora vou ver.

– Tou te tirando a febre. Olha que dançar com a negra dele é pedir pra morrer. Ela vale tanto a pena assim?

– Somos namorados, nos queremos. Ela não pertence ao Jerônimo, nunca pertenceu. Ele foi chutado.

– Felicidades pros dois. Enfrentar o louco do Jerônimo só louco de paixão.

– Pode ser.

Subo à casa do seu Emílio. Me recebe com um olhar de quem anulou toda a crença no ser humano. Não me dá conversa. Digo:

– Seu Emílio, a Carmélia e eu estamos profundamente comprometidos. ESTOU COM MEDO.

Me fita de novo com o jeito do Morgan Freeman:

– Medo de quem ou de quê?

– De que o senhor desaprove, de que o JERÔNIMO nos faça mal.

– Não desaprovo nem aprovo. Foste o escolhido. Agora é medir as conseqüências de tua aceitação.

– Segui seus conselhos, não me envolvi com as drogas.

– Mas se meteu com a ex-mulher de um cara que só tem cabeça pra lidar com o tráfico e a violência. Que nem eu no passado.

– Aconteceu, foi o destino.

– Destino? Aqui estou pagando o que fiz com meu destino. Solitário, cheio de fantasmas. A toda hora pode me estalar a cabeça e eu me aplicar o pico fatal, me apagar, me livrar deles.

– Não diga isso, seu Emílio. O senhor tem a Carmélia.

– Ela tem os santos dela e sabe se cuidar.

– E se o Jerônimo terminar com ela?

– O morro acaba com ele.

– O morro não come pela mão dele?

– Ele também pela mão do morro. A Carmélia é adorada por todos daqui, faz o bem, ajuda, ele não é tão demente, tão pirado de levantar a mão contra minha neta.

– E se ele me MATAR?

– Aí é outra história. O espírito do assassino da Maria Degolada pode encarnar nele e se virar contra ti. No mundo do morro tudo é possível. Os ciúmes se multiplicam num doido.

– O que o senhor me aconselha, então?

– Não provar a droga e rezar pro São Jorge e pra Maria Degolada protegerem o romance proibido de vocês.

26

Pago no banco o valor mensal do arrendamento do restaurante. Fazer o depósito em nome do meu avô me instila um sentimento de vitória. Todas as contas em dia e ainda me sobra uma grana para o apartamento, o cursinho, tevê a cabo, comprar livros e pequenas lembranças para a Carmélia.

Vou buscá-la no apartamento da dona Eduarda. Enquanto espero, a ouvir as orações sincréticas que fazem, releio a carta que recebi de minha mãe:

"Meu filho:

Teu avô é um animal para trabalhar. Imagina que em pouco mais de um mês já pintou o antigo restaurante, instalou frigorífico comercial, freezers, comprou mesas e cadeiras modernas, entrou em contato com fornecedores das colônias, encomendando gêneros alimentícios, comestíveis e assim por diante. Estou satisfeita por teu avô ter se acertado com teu pai, que se transformou num verdadeiro braço direito do velho. A Adelaide já limpou a antiga residência. Estou botando em ordem a cozinha do restaurante. O velho me convidou todo formal para eu ser a chefe. Topei, claro. O desemprego também é martírio. Portanto, todos bem. Apenas me incomoda um pouco o jeito oferecido e provocador da Adelaide pro lado de teu pai. Sei que não vai se meter com ela. Porém, pode gerar ciúmes no meu pai e entornar o caldo da felicidade. Sabes direito como é violento. Fico contente que estejas no cursinho, estudando e dirigindo com competência o restaurante daí. Beijos.

Tua mãe"

A Carmélia me convida para um baile com música funk na melhor casa do morro, quinta-feira.

– Parece que ando em paz com o morro. Tenho medo de provocar a ira do teu Xangô.

– Ah, estudando nossa religião, é?

– Qualquer criança do morro sabe que Xangô é o São Jerônimo.

– Gostaria de me arejar um pouco, estou precisando – ela sorri.

– Posso te levar a uma boate.

– Não pode ter a graça dum genuíno baile do morro. Vamos sem medo. Peço pro vovô ir como nosso segurança.

– Falei com ele faz uns dias, não te contei?

– Não, não me contaste – ela estranha.

– Desculpa, me deu um branco. Quando te deixei no outro dia, fui visitá-lo. Achei teu avô abatido, falando em se dar um pico mortal para liquidar com fantasmas.

– Conheço a canção de cor. Ficou assim desde que deixou de ser o comandante-chefe.

– Não pode ser só isso, Carmélia. Havia um lamento cansado no tom de voz. Fiquei impressionado, talvez não tenha te contado pra não te preocupar.

Me fita com os enormes olhos que tomam conta do rosto. Fecha-os bem devagar. Leve perturbação por ter sido descoberto um segredo familiar? Não, nada disso, o morro é aberto como o céu. Não se descobrem segredos porque não há segredos.

– Como é que eu ia me negar a ir a um baile com minha querida?

O sorriso ergue os pômulos do rosto de princesa africana e a minha alma.

– Tens vestido de inverno?

– E eu ligo pra vestidos?

– Vamos ao shopping comprar um vestido de festa. Faço questão de te dar.

– De jeito nenhum, José.

– Não vais me dar esse prazer?

– Todos, menos esse – responde com riso malicioso.

– Insisto em te comprar um vestido, uma roupa. Nunca te dei nada e me dás tudo. Quero te ver mais linda do que és. Peço que aceites em nome de todos teus sonhos e santos.

– Está bem – ela me beija a face.

Numa loja do shopping experimenta um suéter de acrílico, gola rolê, azul, e mais nada.

– Com calça jeans e estou pronta. É com gente simples, na música é que está o jogo.

Deixo o restaurante nas mãos do Arnoldo, às quinta-feiras o movimento cai, se precisar de mim estou com celular ligado.

Passo na casa dela às nove horas e já está arrumada, sublime num casacão longo, escuro, o suéter a lhe ressaltar e pele sem maquilagem.

Estaciono a caminhonete nas imediações do galpão iluminado, sacudido por música com toda a potência. Reconhece o carro antigo do avô.

– Veio zelar pela segurança da neta, não é?

– Nossa.

Ele nos chama num gesto lento à sua mesa. Terno e gravata, o olhar cada vez mais semelhante ao do Morgan Freeman. Bebe cerveja, me oferece um copo, agradeço porque a Carmélia não gosta nem do cheiro de álcool. Não sei como fazer no futuro, eu que sou fissurado numa cerveja.

Como suportar o embalo frenético desta barulheira rítmica do funk e rap sem turbinar o sangue com cerveja?

Não duvido de que os caras e as caras que dançam com graça estejam sob o efeito de maconha, crack, até mesmo coca. Sem músculos preparados não se consegue resistir nem dez minutos a este ritmo dionisíaco.

– Já dançaste este ritmo?

– Quando era soldado na minha terra, sim.

– Quero ver se levas jeito. Vamos?

A obra-prima do corpo azulado se contorce como uma ginasta possuída de deuses e demônios. Eu, eu só acompanho à distância, tentando não sair do ritmo. Os altos-falantes atingem os últimos decibéis que agüentam.

Certo que ela está tomada, que um espírito poderoso rege seus passos e saltos neste balé de figurações ancestrais. A música termina, o DJ dá uma pausa e toca música lenta. Me aproximo e a colo a meu corpo. Me espanta que sua respiração esteja quase normal, serena.

– Quem estava dançando dentro de ti, por ti?

– Eu própria e a inspiração de antigas deusas de meus antepassados.

– É como quando fazes amor comigo?

– Parecido – ela sorri, meu sangue corre.

– Queria que nossas vidas fossem como agora – digo, com vontade de esmigalhá-la de amor.

– Difícil, acabou o momento.

– Por quê?

– O Jerônimo e seu bando acabam de entrar.

Retornamos à mesa protetora do seu Emílio.

– Vovô, por favor, pelo amor de Deus, não permita que o Jerônimo acabe com o baile.

O Morgan Freeman acende um cigarro sorrindo pura ironia. Não gosto, meus sentidos se ouriçam.

O Jerônimo, o Julião e mais três se elevam diante de nós com ligeiros risos sarcásticos, de desprezo.

Os alto-falantes sacodem o galpão com o estrondo de um avião levantando vôo.

Compreendo mais ou menos que o Jerônimo está convidando a Carmélia para dançar. O silêncio, a indiferença, o olhar frio e distante são a resposta. Súbito, ela corre veloz que nem uma corça na direção do que suponho ser a toalete.

O Jerônimo aperta-me o ombro com violência e grita, no meio da massa do som:

– Vai saindo quieto senão te arrebento os miolos. RÁPIDO!

Procuro o socorro do velho, dá a entender que lava as mãos. Ou está paralisado pelo nojo da vida? Sei lá, o que sei é que me sinto abandonado e estou sendo empurrado por quatro fortes negrões sob o comando do Jerônimo.

27

Jogam-me para o interior duma possante caminhonete negra, cabine dupla, e arrancam com a descarga aberta, querendo rivalizar com a altura da música funk.

Exceto o Jerônimo, os caras estão chapadíssimos. Cuidado, José, o silêncio agora é teu melhor amigo. As luzes das pequenas casas, à direita e à esquerda, tremem à passagem do trovão, ou sou eu quem imagina?

Param, o Julião me põe uma venda nos olhos. Besteira. Conheço o caminho do esconderijo, a casa desses traficantes. A voz do Jerônimo:

– JÁ NÃO TE DISSE QUE NÃO TE METESSE COM A MINHA MULHER?

Permaneço mudo, não posso deixar transparecer o medo que me sufoca.

– Responde, ô cara aí atrás – é a voz do Julião.

– Tive seis amigos que já morreram por causa da droga. Mal completaram vinte anos.

– CALA A BOCA. JÁ NÃO TE FALEI PRA NÃO TE METER COM A CARMÉLIA?

– Vocês aqui devem ter a minha idade. Nenhum vai chegar aos 21 anos. O Jerônimo é vivo. Garanto que nunca se pica. Se cheira, é de vez em quando. Deixa vocês se viciarem, estourarem, e ele fica sozinho com toda a grana.

– Que papo fodido é esse, cagalhão? – se irrita o Julião.

– Ninguém se injeta aqui – ri o crioulo à direita.

– Só uma vez que outra – ri o da esquerda.

Fico quieto, com medo do silêncio do Jerônimo. Não resolve nada dar uma de valente para cima destes bandidos viciados. Que é que estes caras querem comigo, minha mãe? Mas ainda dou o último suspiro:

– Vocês estão viciando meninos de onze anos.

A caminhonete trava com estardalhaço, talvez na frente da casa grande, uma figueira frondosa, em que pensam se esconder.

Arremetem-me para dentro, tiram a venda, acendem as luzes. Vozes de homens e mulheres ao lado, rindo, acho que bêbados ou chapados.

Frente a frente com o Jerônimo, meu rival. Lógico que é um negro bonito, a Carmélia não ia casar sua beleza com um qualquer. Vai vivendo comigo por eu ser novidade, branco, delicado para ela, compreensivo, sei lá.

– Tu vais parar de andar com a Carmélia?

– Não.

– Por que não, babaca de merda?

– É a única pessoa que me resta.

– Vais parar ou não?

– Ela caiu do céu pra mim.

– Vais ou não?

– Se perder a Carmélia, me mato.

– Pela última vez: vais parar de ver a Carmélia?

– NUNCA! ASSASSINO DE CRIANÇAS!

– Ah, é? SALVADOR, traz o vestido de noiva da Carmélia. Agora, Zé do Alemão, vai tirando a roupa.

– Não.

– TIRA ROUPA – põe uma automática na minha nuca.

Me desvisto lentamente, ganhando tempo, adiando o instante da morte. Agora meu medo é fervido com raiva, ódio. Não fiz 21 anos, consegui a mulher mais bonita e querem me matar, ainda sinto o gosto de sua carne na boca e desejam me apagar. Dou uma porrada no Jerônimo assim que se descuidar, escapo desnudo para o fim da noite gelada.

O Julião e um cara branco de cabelo pintado de louro descobrem o que penso, me imobilizam pelos braços, pescoço. Consigo uma fresta e grito com toda a força dos pulmões:

– CARMÉLIA!

O Salvador sai dum quarto com um vestido branco de cetim. O Jerônimo ordena:

– Enfia na boneca, Salvador, isso, enfia na boneca branca o vestido de noiva da Carmélia, fica quieto, cara! – e me acerta um soco na boca do estômago, me cortando o ar.

Me amarram as mãos atrás com uma fita adesiva, me prendem a uma coluna com uma corda.

– Não está linda a menina vestida de noiva? Salvador, traz o véu, depressa, até acho que os sapatos brancos podem servir na Branca de Neve.

Sacudo a cabeça, reluto, mas o Salvador me enterra o véu. Os sapatos não entram.

– Estás fazendo isso comigo porque a Carmélia te chutou. TE CHUTOU PORQUE TU NÃO ERAS DE NADA – grito.

– Cala a boca, Branca de Neve, CALA A BOCA!

– TODO MORRO SABE QUE TU ÉS BICHA!

Me aplica violenta bofetada que me sangra a boca. Mal consigo balbuciar:

– Tu és um putão, tu vicias os guris pra te comerem – a degradação vai soltando as palavras ofensivas, sou meu avô.

– SALVADOR, pega a fita adesiva e amordaça a noiva. Tá bonita. O Bimba não fugiu hoje da cadeia? Deve tá louco de tesão. Chama o Bimba pra festa.

Não suporto mais o medo, a vergonha, o ultraje, me urino molhando o piso. Riem.

Aparece o Bimba, um negro de barba cerrada, ar sério.

– Faz ele – ordena rindo o Jerônimo.

– Só consigo beijando – fala o Bimba.

– Arranca a mordaça da moça, Salvador, quero ouvir os gritos quando perder o cabaço. Vamos lá, Bimba, sangue!

O Salvador puxa a fita adesiva manchada de sangue, que dor. Grito por socorro.

O Bimba começa a lamber o sangue da minha boca, dou-lhe uma cuspida de sangue e saliva. Limpa o rosto não se queixando, sem sorrir, me desprende da coluna e procura o pescoço para um beijo. Neste momento, ouço o estrondo duma explosão na porta da entrada e um tiroteio com berros de comando.

Cinco ou seis brigadianos armados com metralhadores irrompem no salão aos gritos e atirando para cima e nos que fogem pelas portas laterais e janelas.

O Bimba acomoda rápido o sexo para dentro das calças e fica quieto que nem estátua. O Jerônimo deixa cair logo a pistola automática, levanta os braços procurando um sorriso:

– O que é que há, minha gente? Não temos droga nem nada, só bebida à vontade. Estávamos brincando com esse babaca que teima em querer roubar minha mulher.

Um brigadiano me livra as mãos e não pode conter um risinho:

– Está tudo bem, calma, agora tá tudo numa boa, não precisa mais ter medo.

Quando a Carmélia entra acompanhada do avô, ainda estou me desvencilhando do vestido. Encontro minha calças, cueca, enfio-as e tento sacar um sorriso do fundo da minha vergonha.

A Carmélia me limpa o sangue com o próprio vestido e, por mais que tema, não vislumbro sequer um vestígio de ironia em seus lábios.

Ela pega o vestido e diz com clareza ao Jerônimo:

– Vou lavar o vestido que não conseguiste honrar com tuas traições, vou livrá-lo dos espíritos e demônios que se impregnaram nele. Vais, morrer, Jerônimo, pela força do teu vício. Maldito sejas!

Olhos arregalados, quer levantar a mão contra ela, mas um soldado se interpõe e consegue afastá-lo à força.

Outros retornam à sala exclamando que não encontraram coca ou pedra de crack, no entanto vejo um alto guardando vários papelotes nos bolsos da túnica.

A Carmélia volta da porta arrombada, pede um isqueiro ao soldado que escondeu os papelotes, ergue o vestido e fala na direção do Jerônimo:

– Nem exorcismo expulsa os espíritos maus deste vestido. Fogo nele!

O cetim se incendeia na entrada meio destruída.

Não há jeito de eu articular alguma palavra para relatar o horror por que passei na casa. O sangue se coagulou na garganta. No banco traseiro, ela me beija a mão esquerda e fala com a meiguice de sempre:

– O vovô logo me disse no baile que tinham te raptado. Telefonei pra Brigada, contei que traficantes haviam seqüestrado o dono do restaurante, tive sorte, atenderam depressa, chegaram no baile, fui indicando o caminho pra eles, jogaram duas granadas na porta e entraram. O resto já sabes. Te judiaram muito?

– Chegaste na hora. Valeu. Seu Emílio, por favor, me deixe na caminhonete perto do baile. Se não fosse a cara amassada, ainda ia dançar contigo, Carmélia. Acho que preciso ir na emergência do hospital pra fazer uns curativos.

28

Acordo com os lábios inchados, os músculos do abdome doloridos. Telefono para a casa do Arnoldo pedindo que faça as compras matinais. Me banho correndo, mal tomo o café e vôo para pegar ainda o doutor Tom no hospital em que permanece só até as nove horas.

Atende-me com sua inquieta e perpétua gozação.

– Que é que te aconteceu, velho? Quem é que te pegou feio assim? Foi no restaurante? Tem recebido notícias do sacana do teu avô?

Conto os lances como lendo uma carta para alguma pessoa.

– Quê? O Bimba estava a fim de te faturar mesmo! Se não é a cavalaria americana chegar, a esta hora tu estarias sendo remendado por um proctologista.

– É isso, doutor Tom, e com a moral lá embaixo.

– Te levo na emergência, tua boca está que é um bife. Mas a tua negrinha foi faixa, hem? Quer dizer que te botaram um vestido de noiva? Que sacanagem!

No trajeto lhe confidencio que estou com vergonha de encarar a Carmélia, tenho medo.

– Medo? Medo de quê? De broxar? Quantos anos tu tens? Quase 21. Vai tomar no rabo, cara. Com essa idade, a gente era capaz de comer a mendiga mais escrota.

– Não é isso, doutor Tom. O ex-marido me desmoralizou.

– Te deixou abaixo do cu do cachorro.

– É.

– E tu queres te vingar, não é? Nada de vingança, meu. Trata de cuidar do teu restaurante metido a sebo. Qualquer dia vou tomar um uísque. Pode-se fumar naquela porra?

– Sim.

– Não vais querer enfrentar os negrões do morro, né? Estás pirado? É tudo bandido, te matam, não fica nem teu cheiro.

– Sei. Li no jornal aqui, antes da consulta, que conseguiram prender de novo o Bimba na batida de ontem. O resto fugiu. O Jerônimo tem advogado, mais o delegado, já deve estar solto.

– Prenderam o Bimba? Quero ver a cara do tarado.

– Saiu apenas a notícia. Dizem que não encontraram nada, mas eu vi um soldado forrando os bolsos com papelotes. Paciência, o importante é que me salvaram.

– Robertão, olha a boca deste guri, faz um curativo caprichado. Vai precisar de alguns pontos! Não, acho que não, em dois ou três dias vai desinchar e cicatrizar.

Depois do curativo, pergunto o que faço com as dores do estômago.

– Nada. É muscular, passa em seguida. Porra, quase dez horas. Estás de condução? Então me leva pro consultório, vou deixar meu carro aqui.

Ele entra e solta:

– Que caminhonete cagada! Não sobrou uma grana pra comprar um seminovo decente?

– É só pro serviço. Daqui a uns meses compro um automóvel.

– Bem, o negócio é o seguinte, alemãozinho, nada de revanchismo, deixa a raiva desaparecer. Vai lá de cabeça levantada e ferro na tua crioulinha.

– Não é bem assim. Pelo código do morro, estou com grau zero.

– Que código de merda é esse? Não tem código porra nenhuma, o código deles é vender erva, pó, pedra, o escambau, e matar, estás ouvindo? MATAR. Pega a tua garota, instala no teu apartamento e os colhões pro morro.

– Eles acabam vindo atrás da gente. Não se entregam.

– Então pega a mina e te manda pra São Paulo, Rio, sei lá, parece que está bem. Pela última vez, nada de represália. Esfria a cuca. Que merda! Saíste bronqueiro como teu avô. Deixa pra lá, não tem de pagar consulta nenhuma.

– Valeu, doutor Tom.

– Tem outra coisa, babaca. Jogo fora de casa é mais difícil.

29

Três dias sem ver a Carmélia, me compenso ouvindo a suave tonalidade da sua voz feminina. Não foi para sua casa desde o episódio no esconderijo do ex-marido. Saiu da residência do avô na manhã seguinte e está asilada no apartamento de uma irmã da dona Eduarda.

– Estás aí sozinha?

– Sim, o Jerônimo enlouqueceu. Não atendi suas chamadas, ameaçou atear fogo na minha casa, matar meu avô, quer me ver, digo não e não, resolvi atender com medo. Insiste que vá morar com ele, promete se emendar, desistir do narcotráfico, tem dinheiro suficiente pra viver longe da droga. Ameaça matar meu avô, incendiar meu canto e fala em se corrigir. Tudo loucura. Quem entra na droga, só sai morto.

– Preciso te ver, Carmélia, também estou louco.

– É perigoso, tenho certeza de que estão me vigiando. Se ele soubesse onde estou, já teria invadido.

– Estou louco de vontade de dormir contigo – peço.

– Também estou, apesar do medo. E teu apartamento também deve estar sendo vigiado – ela me diz com delicadeza.

– Dormir aí nem pensar?

– Não, não. A irmã da dona Eduarda viajou, mas não posso trair sua confiança. Temos toda a vida pra dormir juntos, não temos?

– Temos – digo sem graça.

O movimento nesta segunda-feira, ao meio-dia, é pequeno. Mas às sete da noite abro de par em par as portas do restaurante para dar a entender que não tenho medo de ninguém. Recomendo ao segurança que abra bem os olhos, se vir alguém suspeito, prenda o grito com força.

Por precaução, vou procurar o revólver do Frederico Bauermann nos aposentos. Talvez não tenha levado o antigo 38. Procuro nos armários, entre os lençóis, bingo, a frieza do cano longo. Bom, não vou usá-lo. Em todo caso balanço na mão este objeto de meio quilo, quatro balas no tambor. Prendo o bicho na cintura, atrás, como os gângsteres, e, incrível, me sinto menos inseguro.

Na mesa 17, tomando seu uísque de graça, o delegado Faustino. Com ele não posso contar, certo que já foi contaminado pelo morro.

Cheio de gestos e risos, falando alto, entra o doutor Tom: a algaravia de que o silencioso e vazio restaurante estava precisando.

– Porra, cara, tá um frio do cacete lá fora e tu com as portas abertas? Qual é o melhor uísque da casa?

– O máximo que temos são os de doze anos. Sente, por favor aqui na ponta, atrás do tapume de madeira, pra não sentir frio.

– Estou brincando, guri, me dá um redinho mesmo, pouco gelo.

– Redinho?

– É, Red Label. Não tem?

– Claro.

– Qual é a bóia do dia?

– A que o senhor mandar.

– Estou te gozando. Vou tomar um ou dois e zarpar pra casa. Estás bem instalado, hem? O ambiente parece mais amplo, limpo. Depois quero visitar a cozinha. Pela cara da cozinheira já sei se o gosto da comida é bom ou não.

– Na hora que quiser, doutor Tom.

– Como é que ficou tua boca? Ah, desinchou. Porra, e esse uísque que não vem! Ah, já estava aqui. Como é teu nome, caro amigo?

– Arnoldo, para servi-lo, doutor.

– Tá muito chique, estou sendo servido pelo *maître*, imaginem.

De repente surge ofegante o nosso segurança, tenta falar com discrição, porém os poucos clientes escutam:

– Seu José, o Jerônimo do morro está desembarcando duma big caminhonete negra, o que é que eu faço?

– Deixa que entre, mas sozinho, está entendendo?

Chego à mesa do delegado Faustino e digo que o rei do morro vai entrar e pode armar um rolo, confusão. Nem é com ele, corrupto.

O Jerônimo desponta à esquerda do biombo, passos lentos, sobretudo escuro comprido. Pelo volume ostensivo no ombro esquerdo, imagino que carrega um rifle, uma espingarda, sei lá o quê.

– O Jerônimo é o cara que te acertou a boca? – indaga com calma o doutor Tom.

– Sim.

– Que merda! Que hora fui escolher pra vir beber. Bom, deixa rolar, mantém a fleuma, a coragem. Se te ameaçar, manda falar comigo.

– Não se meta, doutor Tom, é tudo comigo. Por favor!

O Jerônimo cresce sobre a nossa mesa. Pergunta a olhar para os fundos:

– Onde é que está a Carmélia?

– Não sei – respondo.

– Me disseram que está escondida aqui.

– Teus informantes viram fantasmas. Revista à vontade.

– Senta aqui com a gente, negrão, vamos tomar um uísque numa boa – diz o doutor Tom.

– Quem é esse cara? – pergunta com desdém o Jerônimo.

– É o médico que tratou minha boca e estômago.

– Se ele disser mais uma palavra...

– Que é que tem, cara, que é que tem? – se levanta firme o doutor Tom.

– SENTA!

O médico joga o uísque com gelo no rosto do Jerônimo, que de imediato saca do sobretudo um rifle 12, cano cerrado, e atira para cima, abrindo um rombo no teto e provocando um estrondo. Os poucos clientes correm, nosso segurança voa para dentro. Eu berro:

– CUIDADO COM ISSO, JERÔNIMO! NOSSOS GARÇONS ESTÃO COM ARMAS DEBAIXO DOS AVENTAIS.

– Se metam, se metam, destruo esta bosta e mato todos. Onde está a Carmélia? CARMÉLIA! – corre para os fundos no sentido da cozinha.

Corro atrás, sem coragem de arrancar o revólver da cintura. Segue fazendo estardalhaço na cozinha gritando pela Carmélia. Imobiliza uma auxiliar da Francisca pelo pescoço e solta um grito do fundo das entranhas:

– ONDE ESTÁ A CARMÉLIA?

– Não sei quem é – responde como pode a esgoelada.

– TÁ AQUI – grita a auxiliar Romilda, batendo com enorme frigideira na cabeça do Jerônimo.

Mesmo entontecido, avança contra a auxiliar Mercedes. A Francisca, sentindo que ele pode matar a moça, pega um panelão com água fervendo e despeja o conteúdo na face e peito do rei do morro.

Assisto a tudo paralisado e espantado com a rapidez do que está acontecendo. Que pavor!

O Jerônimo sai cambaleando a gemer pelo corredor, uma mão no rosto e outra agarrada ao rifle 12:

– Carmélia, eles me queimaram, Carmélia.

Esbarra nas cadeiras, puxa toalhas e talheres, copos. No instante em que passa pela mesa do médico, enxergo o pé espichado dele interrompendo a passagem oscilante do Jerônimo, que cai de cara para baixo, talvez desmaiado.

– TRANCO ILEGAL! – grita o doutor Tom sustentando o copo vazio na mão direita.

Digo ao segurança:

– Avisa os bandidos lá fora pra levarem o Jerônimo ao hospital.

Não distingo o Julião entre os caras que carregam o corpo quase inerte do chefe. Balançam a cabeça inconformados, desconfiados talvez da existência de algum extraterrestre cá dentro.

Quando os bandidos partem na caminhonete preta, o doutor Tom grita:

– É o melhor restaurante da cidade! Um brinde! Arnoldo, meu copo está vazio.

Me aproximo da mesa 17, entrego o rifle cano cerrado ao doutor Faustino e digo:

– O senhor viu tudo, não é? Invasão armada de domicílio.

Olha para o teto esburacado pelo tiro e diz:

– Não vi nada, lavo as mãos. Não dá pra freqüentar mais este restaurante.

Telefono para a Carmélia:

– A barra está limpa. Toma um táxi e vem jantar comigo. Não há mais perigo. Te conto aqui.

Na calçada, curiosos se amontoam para descobrir o que aconteceu. O segurança explica:

– Um cara bebeu demais, deu um tiro e foi levado por seus amigos.

A Carmélia rebrilha ao passar pelo biombo da entrada. O casacão escuro cobre uma bata branca.

– Doutor Tom, esta é a Carmélia.

– Porra, que negona bonita! Por isso é que estás gamado, malandro.

– Prazer, Carmélia da Silva.

– Tá tudo calmo agora. Aquele bandido não vai incomodar vocês por muito tempo. Alemão, que tal aquele lance? Reconheço que foi pênalti. Fui cruel, mas não podia deixar que chutasse sem goleiro. Vou dar uma passada no hospital pra cuidar do rosto dele. Tchau. Grande noite!

Depois que ele se despede, falo à Carmélia, que está por fora de tudo:

– Te conto durante o jantar. Podes dormir lá em casa?

– Claro que sim – ela sorri.

Fevereiro – julho de 2007

Obras do autor

Magra mas não muito, as pernas sólidas, morena – L&PM Editores, 1978, 3ª edição.

O rapaz que suava só do lado direito – Coleção RBS/Editora Globo, 1979.

O louva-a-deus – Coleção RBS/Editora Globo, 1980, 2ª edição.

Pedro e Lia – Editora Globo, 1980.

Por que me olhas, Maria Carolina? – L&PM Editores, 1983.

Igual a ti só no Inferno – L&PM Editores, 1988.

O sétimo – L&PM Editores, 1991.

Fiéis infiéis – Movimento, 1993.

Mortes do amor – L&PM Editores, 2000.

Jairo e seus diabos – Artes e Ofícios, 2001.

Traduzido: *Magra pero no mucho, las piernas fuertes, morena* – Buenos Aires, Ada Korn Editora, 1986.

GRÁFICA EDITORA
Pallotti
IMAGEM DE QUALIDADE

Santa Maria - RS - Fone/Fax: (55) 3220.4500
www.pallotti.com.br